Sin compromisos

MAUREEN CHILD

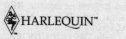

Editado por HARLEQUIN IBÉRICA, S.A.
Núñez de Balboa, 56
28001 Madrid

I.S.B.N.: 978-84-671-8642-0
Depósito legal: B-25962-2010
Editor responsable: Luis Pugni
Preimpresión y fotomecánica: M.T. Color & Diseño, S.L.
C/ Colquide, 6 portal 2 - 3º H. 28230 Las Rozas (Madrid)
Impresión y encuadernación: LITOGRAFÍA ROSÉS, S.A.
C/ Energía, 11. 08850 Gavá (Barcelona)
Fecha impresion para Argentina: 14.2.11
Distribuidor exclusivo para España: LOGISTA
Distribuidor para México: CODIPLYRSA
Distribuidores para Argentina: interior, BERTRAN, S.A.C. Vélez
Sársfield, 1950. Cap. Fed./ Buenos Aires y Gran Buenos Aires,
VACCARO SÁNCHEZ y Cía, S.A.
Distribuidor para Chile: DISTRIBUIDORA ALFA, S.A.

Capítulo Uno

—Esto huele a problemas.

Si había algo que Jericho King sabía reconocer, eso eran los problemas. Quince años en el Cuerpo de Marines le habían hecho desarrollar un sexto sentido, una especie de radar interno. Sabía distinguir problemas aunque estuvieran a kilómetros de él.

Pero aquel problema en particular estaba mucho más cerca.

El sol de la tarde le hizo entrecerrar los ojos para ver a una mujer menuda y con curvas, de larga melena morena, inclinarse para abrir un coche verde aparcado en el camino de grava.

—Aun así, no está mal el paisaje —murmuró el hombre maduro que estaba a su lado.

Jericho sonrió. Sam tenía razón. Fuera quién fuese aquella morena, tenía un buen trasero. Su mirada siguió bajando, reparando en un par de piernas sensacionales. La mujer llevaba unos zapatos de tacón rojo, que se estaban hundiendo en la grava y el barro del camino.

—¿Para qué llevan las mujeres esa clase de zapatos? —preguntó Jericho, sin esperar contestación.

—Creo que lo hacen para conseguir que los hombres se fijen en sus piernas —musitó Sam Taylor.

—Deberían saber que no es necesario esforzarse

tanto –dijo Jericho asintiendo lentamente con la cabeza–. Bueno, hoy no podemos perder el tiempo con ella. Así que sea quien sea, me ocuparé enseguida. Apuesto a que está buscando ese balneario que hay al otro lado de la montaña. Voy a explicarle el camino para que pueda seguir su viaje.

Dio un paso al frente antes de que la voz de Sam lo detuviera.

–¿Sabes? Creo que no está perdida. Creo que es la mujer con que hablé acerca del trabajo de cocinera. ¿Recuerdas que me pediste que buscara un sustituto de Kevin?

–Sí, pero ¿cocinera? –dijo Jericho mirando con los ojos entornados a la mujer, que seguía inclinada hacia el coche como si buscara algo–. ¿Ella?

–Si se llama Daisy Saxon, entonces sí –replicó Sam.

–Saxon, Saxon… ¿Has dicho Saxon? –preguntó Jericho cayendo en la cuenta y mirando a su capataz.

–Sí, me has oído bien –dijo su amigo–. ¿Por qué? ¿Cuál es el problema?

–¿Por dónde empezar? –murmuró Jericho.

La mujer se enderezó y a continuación se giró y vio a los dos hombres parados en medio de la pradera. Se abrazó a su enorme bolso y se dirigió hacia ellos a través del campo. Su larga melena morena se agitaba al viento. Tenía los ojos fijos en él y había una mueca de determinación en sus labios.

Jericho se quedó mirándola mientras sentía que algo en su interior se revolvía. Enseguida apartó esa sensación. Aquella mujer no iba a quedarse, se dijo. Si de veras era Daisy Saxon, entonces, allí no había sitio para ella. Sólo había que mirarla. ¿Acaso había visto a alguna mujer más femenina? Cuando las mujeres llegaban a su campamento, se vestían en consonancia, con vaqueros y botas de montaña. Aquélla, parecía recién salida de un elegante centro comercial. Se la veía guapa y fina, tan delicada que apenas resistiría un rato allí en la montaña.

Escucharía lo que tuviera que decirle, se disculparía por la confusión respecto al puesto de trabajo y se despediría de ella. Sería lo mejor para todos, en especial para ella. Era fácil adivinar que no encajaba allí.

—Es guapa —murmuró Sam.

La mujer apenas había dado unos pasos con aquellos zapatos de tacón cuando tropezó con un aspersor y se cayó, lanzando por los aires su bolso.

—Maldita sea —dijo Jericho corriendo hacia ella.

Al instante, una pequeña criatura peluda salió del bolso y cargó contra él con todo el entusiasmo de un rabioso pit bull. La hierba era lo suficientemente alta como para que lo único que Jericho pudiera ver del perro miniatura fueran sus orejas rojizas agitándose al viento.

Los ladridos de aquella pequeña criatura retumbaban en la cabeza de Jericho, mientras el perro, mostrando los dientes, hacía todo lo que podía por intimidar.

Lo que no era mucho.

A su lado, Sam rompió a reír.

—Por el amor de Dios —murmuró Jericho.

Luego, apartó al chucho con un pie. El perro continuó a su lado, incluso al llegar junto a la morena, que ya se estaba levantando.

Su pelo caía sobre su rostro. Había manchas de hierba en su blusa y su expresión era de disgusto.

–¿Está bien? –preguntó él inclinándose para ayudarla.

–Sí –contestó, tomando su mano y levantándose–. Nada mejor que humillar a una mujer para sacarle los colores –dijo y se inclinó para tomar al perro en brazos–. Oh, Nikki, querida, eres una pequeña muy valiente. Buena chica, protegiendo así a mamá.

–Sí, es toda una fiera.

La mujer le lanzó una mirada no más amigable que la del perro.

–Es muy leal. Valoro mucho la lealtad.

–Yo también –dijo, mirando sus ojos marrones–. Pero si busca protección, será mejor que piense en buscar un perro más grande.

–Nikki es un perro de verdad –dijo ella y achuchó a la pequeña criatura–. He venido a verlo, aunque soy consciente de que no le estoy causando una buena impresión.

–¿La conozco?

–Todavía no –contestó ella–. Usted debe de ser Jericho King, ¿verdad?

–Así es –dijo él.

–No hay nada mejor que causar una buena impresión –susurró, como si se lo dijera a sí misma, antes de añadir–. Soy Daisy Saxon. No hemos hablado nunca, pero hace un año me escribió después de…

–De que su hermano muriera –dijo terminando su frase y recordando el momento en el que Brant Saxon había muerto después de una peligrosa misión en terreno enemigo.

Jericho había visto antes a hombres morir. Demasiados en los años en los que había servido en el cuerpo. Pero Brant había sido diferente. Joven e idealista, había muerto demasiado pronto. La muerte del muchacho había impresionado mucho a Jericho, anticipando su retiro y llevándole allí, hasta aquella montaña.

El hecho de que se culpara por la muerte de Brant sólo le hacía sentirse más miserable, teniendo delante de él a su hermana.

Jericho vio durante unos segundos el rostro de Brant Saxon y recordó cómo su miedo había pasado a resignación al caer muerto. El chico le había hecho prometerle algo: que cuidaría de su hermana si ésta alguna vez acudía a él en busca de ayuda.

Bueno, había hecho lo que había podido para mantener su promesa, ¿no? Había escrito una carta de pésame oficial y luego la había llamado, ofreciéndole hacer todo lo que pudiera. Ella había declinado su ayuda con amabilidad. Después de agradecerle la llamada y de decirle que estaba bien, ella había colgado, poniendo fin a cualquier responsabilidad que pudiera tener hacia ella.

Hasta ahora.

Así que, ¿qué demonios estaba haciendo ella allí en su montaña habiendo transcurrido un año desde que le agradeciera su ofrecimiento de ayuda?

—Sé que ha pasado tiempo desde la última vez que hablamos —dijo ella, haciendo que Jericho saliera de sus pensamientos—. Pero cuando me llamó, después de que Brant muriera, se ofreció a ayudarme en lo que pudiera.

—Sí —dijo él, cruzándose de brazos—. Nunca volví a saber de usted, así que…

—Me ha costado tiempo asumir la muerte de Brant —admitió ella, mirando a su alrededor—. ¿Podríamos seguir hablando de esto dentro?

Sintió una punzada de irritación y la ignoró. No quería deberle nada, pero sabía que así era. Le había dado su palabra tanto a su hermano como a ella. Y una cosa que Jericho King nunca hacía era faltar a su palabra. Así que iba a tener que lidiar con ella le gustara o no.

La miró allí parada, temblando de frío por el viento que soplaba entre los pinos. Ni siquiera sabía que debía ponerse una chaqueta para ir a las montañas. Incluso en California, el otoño podía ser una época inestable en aquella altitud. Era evidente que no era una mujer de actividades al aire libre.

Claro que quería resguardarse. Era la clase de mujer a la que le gustaba la naturaleza desde el otro lado de la ventana, disfrutando junto al fuego de una copa de vino. Conocía muy bien a las de su clase. Al pensar en ello, Jericho cayó en la cuenta de que seguramente no iba a tener que echarla de allí. Quizá ella misma entrara en razón y se diera cuenta de que no encajaba allí.

Además, podía ofrecerle una taza de café antes de invitarla a marcharse. Dejaría que echara un buen vistazo al lugar del que quería formar parte.

–Claro, entremos.

–Gracias –dijo ella–. Hace frío aquí. Esta mañana, cuando salí de Los Ángeles, hacía veinticinco grados.

–Estamos a más altura –comentó con cierta sequedad–. ¿Así que salió esta mañana? ¿Y acaba de llegar ahora? Aun con tráfico, es un viaje de no más de cuatro horas.

Se encogió de hombros, puso los ojos en blanco y besó al perro.

–Había mucho tráfico, aunque también es cierto que me perdí.

8

—¿No tenía GPS?

—Sí —comenzó ella–, pero…

—No importa.

Jericho se giró, le hizo un gesto a Sam y se encaminó hacia la casa. Al ver que ella no lo seguía, se giró y la miró.

—¿Qué ocurre? —añadió.

—Los tacones se me han hundido en la tierra.

—Claro —dijo volviendo junto a ella–. Quíteselos.

Cuando lo hizo, Jericho los recogió y se los dio.

—Estos zapatos no sirven aquí —añadió él.

La mujer lo siguió, pisando descalza la hierba. Rápidamente lo alcanzó mientras hacía equilibrios con los zapatos en una mano y el bolso del perro en la otra.

—Pero son bonitos —dijo ella.

—¿Qué significa eso?

—Bueno —dijo mostrando una medio sonrisa–. Han sido una primera impresión que nunca olvidará.

Jericho sintió cierta admiración. No se daba fácilmente por vencida. Luego se detuvo y la miró. Tenía las mejillas sonrojadas, sus ojos brillaban divertidos y había una mancha de barro en la punta de su nariz.

Era demasiado guapa.

—¿Qué pasa? —preguntó ella–. ¿Tengo la cara manchada?

—Lo cierto es que…

Se inclinó, la tomó en brazos y la oyó exclamar sorprendida.

—No tiene por qué cargar conmigo.

—Esos zapatos tampoco sirven para caminar sobre la grava y no puede ir descalza, señorita Saxon.

Su cuerpo menudo tenía muchas curvas. Mientras

se agitaba en sus brazos, sintió la misma reacción que habría sentido cualquier otro hombre. El problema era que no quería que le provocara ninguna reacción. Lo único que quería era que Daisy Saxon se fuera.

–De acuerdo, lo pillo. Los tacones no son adecuados. Lo recordaré. Y llámame, Daisy. Después de todo, ya que estoy acurrucada contra tu pecho, no tiene sentido guardar las formalidades.

–Supongo que no –dijo a la vez que el perro ladraba–. Ese perro es ridículo.

–Fue un regalo de Brant antes de partir.

–Oh.

Demonios.

Ignoró los ladridos del perro y los comentarios de Daisy acerca de la casa, el entorno, el clima, de la poca gasolina que le quedaba a su coche y de la gente tan agradable que había conocido en el balneario cuando se perdió.

Sus orejas retumbaban para cuando llegaron a la puerta de la casa. Para un hombre acostumbrado a la vida errante de la carrera militar, el tener una casa le resultaba extraño. De todas formas, aquel sitio era especial.

Aquella casa llevaba casi cien años perteneciendo a su familia. Uno de sus antepasados había construido la cabaña original y luego se había ido ampliado hasta convertirlo en el lugar de descanso de la familia King. Jericho y sus hermanos habían pasado todos los veranos de su infancia en aquella casa.

Estaba ubicada en mitad de la montaña, rodeada de hectáreas de bosques, arroyos y ríos. La cabaña había crecido hasta convertirse en un auténtico castillo de troncos y ventanas, integrándose perfectamente

10

con el entorno. Era una especie de camuflaje, algo que le resultaba muy familiar.

Años atrás había comprado su parte a sus hermanos y había contratado a un arquitecto para que hiciera algunos cambios. La construcción había vuelto a agrandarse, convirtiéndose en una especie de mansión fantástica, de ángulos pronunciados, tejado empinado y suficientes habitaciones como para que Jericho no se cruzara con nadie si no quería. Había querido acabar con las obras antes de dejar el cuerpo para tenerla lista. Al abandonar el cuerpo, Jericho se había dirigido directamente allí.

Aquel lugar tenía toques tanto del pasado como del futuro. Abrió la pesada puerta de madera, entró y dejó a Daisy en el suelo. Lo mejor era apartarse de aquel cuerpo seductor cuanto antes.

Ella se puso los zapatos y echó un vistazo a su alrededor.

—Vaya. Esto es realmente…

Sobre sus cabezas, los techos abovedados formaban motivos geométricos con troncos barnizados. La luz del sol de la tarde se filtraba por las ventanas, creando brillos dorados sobre los suelos de madera.

—Sí, me gusta —dijo y la condujo al salón, justo al final del pasillo.

Ella lo siguió, haciendo sonar sus tacones en el suelo.

—Hay eco aquí —dijo.

Jericho frunció el ceño y la miró.

—Es una habitación grande.

—Y prácticamente vacía —dijo ella sacudiendo la cabeza mientras miraba a su alrededor.

Él siguió su mirada. Los muebles era prácticos y

cómodos. Había sofás, butacas, unas cuantas mesas y lámparas y una barra junto a una de las paredes. Había una chimenea tan alta como él y la vista de las montañas era sobrecogedora.

–Parece un cuartel.

Él se quedó mirándola fijamente.

–Está claro que nunca has estado en un cuartel.

–No –admitió ella, entrando mientras sujetaba al perro–. Tienes un sitio fabuloso, decorado como… –se detuvo y sonrió–. Lo siento. No es asunto mío, ¿verdad?

Jericho frunció el ceño de nuevo. ¿Qué demonios estaba mal en aquella habitación? Nadie antes se había quejado. Al fin y al cabo era una chica de ciudad, pensó y olvidó su comentario.

–Bueno. Sam me ha dicho que quieres cocinar para nosotros.

–Sí –respondió ella con su seductora sonrisa y Jericho volvió a sentir una punzada de deseo.

Aquella mujer venía cargada con armas ocultas.

–Respecto a eso…

Daisy adivinó la indecisión en el azul gélido de los ojos de Jericho King. También vio remordimiento y supo que iba a rechazarla. Iba a echar a perder el plan por el que había ido hasta allí para poner en marcha. No podía dejar que eso ocurriera, así que antes de que dijera nada, optó por seguir hablando.

–Hablé con Sam, tu capataz. ¿Era él el que estaba fuera contigo? –dijo mientras atravesaba con Nikki la habitación hasta el ventanal–. Debería haberle saludado. Seguramente piensa que soy un desastre, apareciendo así y cayéndome de bruces al suelo.

Evitó mirar a Jericho. La había incomodado. Se le

veía muy guapo y apuesto. Probablemente no sonreía demasiado, pensó, lo cual era bueno. Bastante la aturdía ya sólo con mirarla como para soportar una sonrisa suya.

No había esperado aquello. No se le había pasado por la cabeza que con tan sólo mirarlo, sus entrañas comenzaran a arder y su corazón a latir desbocado. Era tan alto y tan fuerte. Cuando la había tomado entre sus brazos, había tenido que contener un suspiro.

Había elegido a Jericho por la amistad que había tenido con su hermano. Nunca había imaginado que fuera a sentir una atracción tan inmediata por aquel hombre. Pero era bueno, ¿no? Al menos, para lo que tenía en mente, era bueno. Lo único que tenía que hacer era encontrar la manera de evitar que la despidiera antes de que hiciera lo que había ido a hacer allí.

Después de todo, no podía quedarse embarazada del hijo de Jericho King si no se quedaba allí, ¿no?

Capítulo Dos

–Así que, ¿cuándo empiezo? –preguntó Daisy con una sonrisa confiada en los labios.

Observó cómo la miraba. Fuera lo que fuese lo que estaba pensando, no se adivinaba en sus ojos. Aquel azul inexpugnable se lo impedía. Pero eso tenía que cambiar, pensó. Con un poco de tiempo, le haría cambiar y se lo ganaría. Aunque por la expresión de su cara, no iba a ser fácil.

–Señorita Saxon, quiero decir, Daisy. He estado fuera de la ciudad los últimos días. Sam me acaba de contar hace apenas unos minutos que has solicitado este trabajo.

–No pensaba mantenerlo en secreto –dijo mirándolo directamente a los ojos–. Quiero decir que aunque me ofrecieras tu ayuda después de lo de Brant, no quería aprovecharme de ese ofrecimiento para conseguir este trabajo. Quería conseguirlo por mis propios méritos. No quería que te sintieras obligado, así que por eso me dirigí a Sam cuando me enteré. Soy una buena cocinera. Sam ha visto mis referencias y mi currículo. Cuando hablé con él, me dijo que pensaba que lo haría bien.

Lo cierto era que confiaba en que Jericho se sintiera obligado a permitir que se quedara una vez allí.

–No estoy de acuerdo –dijo él y Daisy se puso a la

defensiva–. El hecho es que creo que no es una buena idea que trabajes aquí.

Daisy tragó saliva. No había contado con aquello. Había confiado en que Jericho asumiera la idea. Por aquello de sentirse obligado. Hacía tiempo le había prometido que la ayudaría en lo que pudiera. Su difunto hermano había idealizado a aquel hombre. Había imaginado que el gran Jericho King sería un poco más comprensible. Bueno, pero aunque no la quisiera allí, todavía no se había ido.

–¿Por qué no? –dijo acariciando el pelo de Nikki para que no la viera temblando.

No estaba dispuesta a que la viera nerviosa. Tenía que ser positiva, concentrarse en el objetivo y conseguirlo.

Con aquellos pensamientos en la cabeza, Daisy alzó la barbilla y se quedó a la espera de que hablara. Cualquiera que fuese la excusa que le diera, no estaba dispuesta a asumirla. Iba a luchar por quedarse allí y alcanzar su meta.

Para ello, iba a tener que demostrarle lo mucho que la necesitaba allí. Todo lo que le podía aportar a él y a su campamento. E iba a empezar en aquel momento. Tenía el elemento sorpresa a su favor.

–Este sitio no es como el balneario que viste hoy durante tu recorrido por la montaña.

–Ni que lo digas –dijo reparando en los sofás y butacas color beige–. Sinceramente, ¿tienes algo en contra de los colores?

–¿Cómo?

–Beige –dijo señalando con la mano el mobiliario de la habitación–. El beige no es un color. Es la ausencia de color.

–Eso sería el negro.

–Bueno, el beige también –insistió ella–. Con un sitio como éste, no deberías buscar el chic industrial. Deberías dar calidez a esta estancia. Y unas cuantas alfombras tampoco irían mal para amortiguar el eco.

–No me importa el eco.

–Imagino que las comidas que sirves a tus huéspedes es tan imaginativa como el decorador.

–No tengo decorador.

–Eso es lo que he dicho.

–A lo que me refiero es a que no estoy interesado en convertir este lugar en un hotel de moda.

–Estoy de acuerdo. Eso no sería lo adecuado. Después de todo, lo que organizas son pruebas de supervivencia, ¿no? No tiene por qué ser tiquismiquis –dijo Daisy, imaginándose cómo quedaría el lugar con unos cojines, unas alfombras coloridas y algunos cuadros en las paredes desnudas–. ¿Querrás que tus clientes se sientan a gusto, verdad?

–Esto no es un campamento de verano. La gente viene aquí para aprender habilidades, para enfrentarse a las montañas y a la Madre Naturaleza.

–Y cuando vuelvan al hotel victoriosos, ¿pretendes seguir poniéndoselo difícil?

Él respiró hondo y Daisy pensó que quizá había ido demasiado lejos, así que rápidamente, reculó.

–No quiero decir que tengas que poner cortinas de encaje y colchas cursis. Lo único que digo es que si consigues dar más comodidad a este salón, tus huéspedes se sentirán más a gusto. No creo que sea un problema considerarlo, ¿no?

–¿Cómo hemos llegado a esta conversación? –se preguntó él en voz alta.

–Estábamos hablando del bien que le haría a tu negocio –respondió Daisy y acarició a Nikki.

Él bajó la mirada al perro antes de volver a encontrarse con sus ojos.

–No, te estaba diciendo que no creo que sea una buena idea.

–Pero te equivocas.

–Creo que no.

–Ni siquiera me has dado una oportunidad –dijo ella, luchando contra la expresión de los ojos de Jericho y el nudo de nervios que se le había formado en el estómago–. Ni siquiera me conoces. Además, ni siquiera sabes cómo cocino. No has probado mi pollo frito, mis patatas guisadas, mi pastel montañés,…

–Esto no tiene nada que ver con… ¿Pastel montañés?

Daisy sonrió mientras él entornaba los ojos.

–Es increíble. Te lo prepararé.

Jericho volvió a respirar hondo y ella se sorprendió de que su pecho pudiera ensancharse aún más. Aquel hombre era enorme, aunque no transmitía la sensación de peligro de los hombres corpulentos. Había algo que irradiaba tranquilidad, y ese algo, era algo muy atractivo.

–No es tan sencillo –dijo él.

–Hacer el pastel no es fácil, pero te prometo que merecerá la pena –dijo ella, fingiendo haberlo malinterpretado.

–Me refiero al trabajo, Daisy –añadió él y señaló uno de los sofás–. No es tan sencillo ofrecerte este trabajo.

–Claro que sí. Tú haces la oferta y yo la acepto. Así de sencillo.

Jericho se sentó frente a ella y apoyó los codos en las rodillas.

–Cuando Sam te explicó el trabajo, ¿te dijo algo de los ejercicios de supervivencia?

Ella parpadeó.

–¿Ejercicios de supervivencia?

–Me imagino que no –dijo frotándose la mejilla–. Verás, aquí en King Adventure tenemos una política. Todos los empleados nuevos han de pasar un fin de semana conmigo en la montaña. Tienen que demostrar que pueden arreglárselas aquí, que tienen destrezas de supervivencia.

Daisy acomodó a Nikki en su regazo y acarició el lomo del pequeño perro. Su cabeza daba vueltas y tenía el estómago en un puño. ¿Supervivencia? Todo lo que sabía sobre sobrevivir en una montaña era buscar un buen hotel con chimenea y servicio de habitaciones. ¿Por qué tenía que demostrar un cocinero que podía arreglárselas al aire libre?

Sintió que la ansiedad la invadía y que todos sus pensamientos positivos comenzaban a desmoronarse. Pero a pesar de sus dudas, sabía que no podía darse por vencida de su plan antes siquiera de ponerlo en marcha.

–No –dijo–. No lo sabía.

–¿Ves? No funcionará, Daisy.

Su voz era amable, sus ojos brillaban aliviados y su sonrisa sólo consiguió irritarla más.

–Bueno, no creo que vayas a soltarme en mitad de la nada con un cuchillo y un trozo de cuerda, ¿no?

–No –contestó, curvando ligeramente los labios.

–Entonces, podré hacerlo –afirmó, ocultando sus propias dudas con voz firme.

–No, no puedes –dijo él sacudiendo la cabeza–. Pero si apenas pudiste avanzar unos pasos por la hierba sin caerte de bruces.

Ella se sonrojó y sintió que las mejillas le ardían.

–Eso fue un accidente.

–Un accidente como ése en mitad del bosque puede matarte.

–Entonces, no permitiré que vuelva a ocurrir –argumentó ella.

–Maldita sea, ¿por qué no escuchas para entrar en razón?

–Porque necesito este trabajo –dijo tranquilamente–. Mi compañera de piso se ha casado y no puedo pagarlo yo sola. En mi trabajo anterior, el dueño me hizo a un lado cuando contrató a su sobrino como jefe de cocina y…

Rápidamente, se calló porque no quería rogarle. Además, tampoco era la clase de mujer que recurría a las lágrimas para salirse con la suya.

–He pasado un par de meses difíciles –añadió Daisy–. Así que cuando me enteré de esta oferta de trabajo, me pareció perfecta. Es perfecta. Y creo que merezco la misma oportunidad que cualquier otro candidato.

Jericho se puso de pie y se separó unos metros.

–No será fácil –dijo mirándola por encima del hombro.

–No –convino ella, temiendo ya el tiempo que tuviera que pasar a la intemperie–. Probablemente no.

–¿Por qué estás tan decidida a hacer esto?

–Ya te he contado por qué. Necesito el trabajo.

–Si tan buena cocinera eres, podrías trabajar en cualquier sitio.

–Quiero trabajar aquí.

–Lo cual me hace volver a la pregunta original. ¿Por qué estás tan decidida a trabajar aquí?

Daisy levantó la barbilla y se cuadró de hombros.

–Porque conocías a Brant.

Él volvió a frotarse la mejilla, molesto.

–Sé que no es fácil perder a alguien de la familia.

–Era mi única familia –le corrigió–. Brant y yo sólo nos teníamos el uno al otro. Cuando murió, me quedé sola. Y no me gusta estar sola.

Lo cual era cierto. Pero no quería contarle toda la verdad.

Ya le había contado que no tenía ningún sitio al que ir. No tenía a nadie. Su hermano Brant había sido su única familia. Daisy estaba completamente sola y eso no le gustaba. Veía a otras familias y se entristecía. Veía a madres con sus hijos y algo en su interior se encogía. Daisy deseaba volver a tener una vida llena de amor, pero no quería ningún hombre.

No. En un par de ocasiones había creído haberse enamorado y las cosas habían terminado mal. No estaba dispuesta a arriesgarse a que volvieran a romperle el corazón. No quería volver a enfrentarse a otra decepción. Quería volver a tener una familia, volver a ser parte de algo.

Quería un hijo.

Aquella idea la tranquilizaba. Los nervios se calmaron, la ansiedad desapareció y una agradable sensación la embargó. Estaba decidida a hacer lo que fuera para salirse con la suya. Todo por la posibilidad de formar una familia. Pero él no debía saber lo que la movía. Daisy no podía confiarle que lo había elegido para ser el padre de su hijo.

Si en algún momento se sintió culpable por aprovecharse de un hombre para ser madre, enseguida apartó el pensamiento de la cabeza. No le estaba pidiendo que se casara con ella ni que asumiera un papel activo en la educación del pequeño. Lo único que necesitaba de él era su esperma.

«Eso suena horrible», pensó estremeciéndose.

Había elegido a Jericho por su amistad con su hermano difunto. Había tenido relación con la única familia que Daisy había tenido.

Además, Jericho King y el cuerpo de marines le habían robado su familia. Le debían una.

–No me gusta mimar a los candidatos.

–¿Mimar? –repitió Daisy.

–Me refiero a que no te lo pondré fácil.

–Ah –dijo Daisy y sonrió para sí–. No te lo he pedido.

Seguramente se arrepentirá de haber dicho aquello. Tenía aspecto de exigente y se imaginaba que fuera lo que fuese por lo que la hiciera pasar, no sería agradable. Pero había decidido ir hasta allí para hacer realidad su sueño, y nada de lo que él hiciera o dijera la detendría.

–Eres tan testaruda como tu hermano.

Daisy sonrió orgullosa.

–¿De quién te crees que lo aprendió? –dijo y rápidamente, continuó–. No estoy pidiendo ningún favor. Estoy solicitando un empleo para el que estoy perfectamente capacitada. Soy una cocinera muy buena, ya lo verás. Lo único que pido es una oportunidad.

En las cartas que su hermano Brant le había escrito, siempre le había contado que Jericho King tenía la mejor cara de póquer que jamás había visto. Brant insistía en que nadie sabía nunca lo que Jericho estaba pensando. Al parecer, en eso no había cambiado nada.

No tenía ni idea de cuáles eran sus pensamientos. Por el contrario, los de ella estaban bien claros.

Necesitaba quedarse allí. Esbozó una sonrisa de seguridad, mientras los ojos azules de Jericho King estaban clavados en ella. No quería que se diera cuenta de que la idea de someterse a una prueba de supervivencia lo horrorizaba. No quería que pensara que se sentía al límite. Todo lo que le había contado era completamente cierto.

Su mandíbula estaba tan tensa que podía ver los músculos de sus mejillas moverse. No parecía contento en aquella situación, pero tampoco le había dicho que se fuera, lo cual lo tomaba Daisy por una buena señal. Así que insistió.

–Puedo asegurarte de que no te sentirás defraudado si me contratas como cocinera. No pido caridad, Jericho. Lo único que pido es un trabajo que puedo hacer. No te arrepentirás.

–Puede que yo no –dijo él acercándose a Daisy–, pero tú quizá sí.

Ella dejó escapar un suspiro de alivio.

–¿Quiere eso decir que estoy contratada?

–Provisionalmente sí –contestó él–. Todavía tienes que pasar la prueba de la montaña. No puedo dejar que te escapes. Todos los empleados han pasado un fin de semana a la intemperie. Tú también tendrás que pasar por ello. De momento, te enseñaré dónde puedes quedarte. Dejaré que te instales y luego nos iremos a las montañas un par de días.

Daisy se aferró a Nikki y se levantó del sofá. Había conseguido su primer objetivo. Todavía seguía allí. Y Jericho no tenía ni idea de que una vez había puesto el pie allí, no le sería fácil deshacerse de ella. Sabía perfectamente que daba la impresión de ser una mujer desvalida. Sabía que las impresiones podían engañar. Llevaba años arreglándoselas sola y no le había ido mal. Podía hacerse cargo de cualquier cosa que se le ocurriera a Jericho y cuando todo acabara, todavía seguiría a flote. Además, tenía derecho a estar allí, con el hombre que necesitaba para ayudarla a reconstruir su familia.

Inclinó la cabeza hacia atrás para mirarlo y mostrar una amable sonrisa.

–Gracias. Muchas gracias por esto.

–No me lo agradezcas todavía –murmuró él y la guió hasta la escalera principal–. En breve, sospecho que estarás maldiciendo el día en que llegaste aquí.

Eso sería, pensó ella, si no se quedaba embarazada.

Era una cosa tremenda, se dijo Jericho, cuando un hombre se limitaba a moverse sigilosamente en su casa.

Nunca había sido un cobarde. Los hombres con los que había servido en el cuerpo de marines podían jurar que no había nada en el mundo que pudiera asustar a Jericho King. Pero allí estaba, evitando a una mujer menuda y curvilínea como si fuera la peste y él, el último hombre sano del planeta.

Ya se había instalado y parecía que llevara años en las montañas. El tonto de su perro no dejaba de subir y bajar la escalera, haciendo sonar sus pasos sobre el suelo de madera.

Incluso el ambiente parecía diferente. El rastro de su perfume de flores parecía quedarse suspendido en el aire, inundando su respiración.

Jericho estaba al límite y eso no le gustaba. Había

organizado su vida para estar sólo con la gente que quería tener a su alrededor. Después de años de vida militar, le gustaba su intimidad. Le gustaba el hecho de que sus clientes fueran de paso y que apenas afectaran su mundo. Sus empleados sabían cuándo apartarse y dejarlo solo. Y cuando necesitaba una mujer, salía y encontraba a alguna. Nada duradero, tan sólo unas cuantas noches de diversión y buen sexo.

Pero ahora, todo había cambiado. En pocas horas, Daisy Saxon estaba dándole la vuelta a su mundo. Él era el único culpable. Tenía que haberla despedido con una patada en su bonito trasero.

Pero lo cierto era que no había sido capaz. La carga de lo que le debía a ella y a su hermano era demasiado pesada. Su cabeza se había llenado de sentimientos de culpabilidad y resentimientos. Si ella supiera la verdad, nunca habría ido hasta allí. Así que su única opción era permitir que hiciera la prueba de supervivencia en la montaña. No la pasaría y se iría, sin que fuera culpa suya.

Bajó por la escalera secundaria pensando en tomar algo para comer y así evitar tener que cenar con ella. Tenía mucho trabajo por hacer. Tenía que revisar muchos papeles, una tarea que no le gustaba y que tendía a evitar siempre que podía. Así que decidió que se encerraría en su estudio con un sándwich y evitaría hablar con Daisy hasta el día siguiente.

Empujó la puerta de la cocina, la abrió y se quedó de piedra.

–Hola –dijo ella desde donde estaba junto a los hornillos de la cocina.

Llevaba un par de vaqueros ajustados, una camisa amarilla y un delantal al que le había dado tres vueltas alrededor de su fina cintura. Allí estaba cocinando algo que olía muy bien.

–¿Qué estás haciendo aquí? –preguntó Jericho al entrar y miró a su alrededor–. ¿Dónde está Kevin?

–Le he dicho que esta noche yo prepararía la cena. Él se ha ido al pueblo a ver a su novia.

Jericho frunció el ceño al oír aquello. No sólo se había puesto al mando de su casa, sino que había dado la noche libre a uno de sus empleados.

–¿Sabes? No me había dado cuenta de que hubiera un pueblo tan cerca. Estuve perdida durante horas y no vi ninguna ciudad –dijo sacudiendo la cabeza, sonriendo–. Eso facilita mucho las cosas para no tener que estar subiendo y bajando la montaña cada vez que haya que comprar algo.

Jericho se quedó observándola. Aquella mujer hablaba por los codos.

–No hay inconveniente en que le haya dado la noche libre a Kevin, ¿verdad? –añadió mirándolo expectante–. Pensé que como en breve me voy a hacer cargo de su trabajo…

–Eso no está decidido todavía –dijo él entornando los ojos.

–Ya lo sé, pero me gusta pensar en positivo –dijo ella sonriendo–. Sí, imagino lo que debes pensar, pero ser positivo puede hacer que tu vida sea diferente. Hay que creerse las cosas, ya sabes.

–¿Cómo?

Daisy volvió a reír y el sonido se quedó flotando en la estancia.

–Me refiero a que si le muestras al universo lo que quieres que pase, generalmente lo consigues.

–Al universo.

–Sí. Si sólo tienes pensamientos negativos, no es de extrañar que sólo conozcas negatividad, ¿verdad? Así que lo mismo ocurre con las cosas buenas. Imagínate que eres feliz haciendo exactamente lo que quieres hacer y el universo encontrará la manera de concederte ese sueño.

Él sacudió la cabeza.

–¿Así que el universo va a ayudarte con las pruebas de supervivencia?

–¡Por supuesto! –dijo removiendo el contenido de una cacerola de acero inoxidable–. Me imagino haciéndolo bien y aceptando agradecida tus felicitaciones.

Jericho sonrió. Se la veía muy segura de sí misma. ¿Cómo discutir con una mujer que pensaba que podía arreglar su vida simplemente pensando?

El aroma de lo que estaba cocinando hizo que el estómago de Jericho rugiera. Pero no estaba dispuesto a ceder ante un plato de sopa.

–Bueno, sigue imaginando. Tengo cosas que hacer. Voy a hacerme un sándwich y me voy.

–¿Un sándwich? –repitió ella con expresión de horror–. Ésa no es una comida para un hombre como tú. Siéntate y te prepararé un aperitivo para que aguantes hasta la hora de la cena.

Consideró la posibilidad de negarse. No quería pasar más tiempo cerca de ella que el necesario. Especialmente si iba a contarle todas aquellas teorías. Pero si se iba en aquel momento, se daría cuenta de que la estaba evitando y no quería que eso ocurriera.

Así que se acercó al mostrador que había en un extremo de la isleta de cocina y se sentó en uno de los taburetes. Observó cómo abría el horno y sacaba unos pastelillos dorados.

–Es una cocina increíble –estaba diciendo ella–. Me encanta este horno. Tiene una función para mantener calientes los alimentos sin que sigan cocinándose. Por no mencionar esta pequeña nevera en la isleta. Tienes las verduras a mano, cerca del fregadero y de las tablas de cortar –sacudió la cabeza y rió–. Y creo que tuve un orgasmo cuando vi la enorme nevera. ¿He dicho eso en voz alta?

–Así es –dijo él y deseó no haberla escuchado.

Había dicho la palabra orgasmo y todo su cuerpo se había puesto en alerta al instante, dispuesto a enseñarle lo que era un buen orgasmo. Al menos, no tendría que preguntarse si había tenido uno.

–Lo siento –dijo ella y sacó un plato de uno de los armarios–. Me emocionan las cocinas y, deja que te diga, esta cocina es estupenda.

No le importaba. Antes de contratar a Kevin, Sam, él y los demás que vivían allí se habían limitado a usar el microondas. Mientras hubiera una nevera llena de comida y cervezas frías, no necesitaba nada más. Unos años atrás había encargado la reforma de la cocina a un decorador, sin interponerse en su trabajo.

A los clientes les servían comidas sencillas y en abundancia. Nadie nunca había protestado. Ahora, echó un vistazo a su alrededor, siguiendo la mirada de Daisy. Las paredes eran blancas, los armarios eran de cedro, la encimera de granito verde y el suelo de madera. Era de tamaño industrial, con hornos dobles, un par de microondas y una nevera lo suficientemente grande como para abastecer a un batallón. Eso sin tener en cuenta los dos congeladores situados en la despensa.

La iluminación era potente y a través de las amplias ventanas que había en cada pared, se veía que la noche estaba cayendo en la montaña. Allí dentro, el ambiente era tenso en aquella amplia estancia.

Ella estaba frente a él, al otro lado de la isleta. Ante ella estaba la encimera de granito y un fregadero de acero inoxidable.

–Parece que sabes dónde están las cosas –dijo él, consciente de que se había quedado mirándolo fijamente a la espera de que dijera algo.

–Así es. Es como explorar un país nuevo –dijo y sacó algo de la nevera, que colocó junto al pastelillo que había sacado del horno–. Ahora, prueba esto. Creo que te alegrarás de que te haya convencido de no tomarte un sándwich –añadió acercándole el plato desde el otro lado de la encimera.

Jericho paseó la mirada del plato a ella.

–¿Qué es eso?

–Está bueno –dijo sonriéndole–. Sinceramente, ¿no te gustan las aventuras?

–Tengo muchas aventuras –contestó él–. Pero no suelo incluir comida en ellas.

Aun así, tenía que reconocer que olía bien. El pastelillo seguía humeando y, a su lado, había un pequeño bol con rábanos, zanahorias y apio, con salsa ranchera.

–¿Vegetales crudos? No son mi plato favorito.

–Lo tendré en cuenta –dijo ella encogiéndose de hombros–. Pero de momento, cómetelos. Te irán bien –añadió y le señaló el plato–. Prueba la empanadilla.

–¿Empanadilla? –repitió él arqueando una ceja–. No es la idea que tenía de una empanadilla.

–Me lo imagino. Pero ésta es una empanadilla de carne. Son típicas de Cornwall. Las esposas se las preparaban a sus maridos mineros. Eran fáciles de llevar y saciaban el hambre de aquellos duros trabajadores.

Jericho asintió distraídamente. Tomó la empanadilla, la olió y luego le dio un bocado. La masa se deshizo en su boca y el relleno era…

Daisy sonrió.

–¡Te gusta!

–Así es –murmuró y dio otro bocado–. Está muy bueno.

Odiaba tener que admitirlo, pero era una cocinera magnífica.

–Me alegro mucho. Las he preparado para acompañar la sopa. Sé que la sopa no es una comida contundente, pero con pan recién hecho y las empanadillas…

Él alzó una mano para detenerla.

–¿Has hecho pan?

–Sí, un par de barras de pan rápido –dijo casi disculpándose–. Así no tenía que esperar a que la levadura creciera.

–Claro.

Apenas llevaba allí unas horas y ya había preparado sopa, pan y unas empanadillas increíbles que no podía parar de comer. Kevin era un cocinero bastante bueno, pero no era comparable a aquella pequeña mujer. Además, no le gustaba que se aventurara al cocinar, algo que a Jericho le había gustado. Pero si aquellas empanadillas eran una muestra de lo que era capaz de preparar, tenía la sensación de que las «aventuras en la cocina» iban a ser algo bueno.

Además, tenía que admitir que a pesar de su aspecto menudo, no tenía miedo al trabajo. En un par de horas, había hecho más de lo que Kevin era capaz de hacer en un día. Para ser justo, Kevin probablemente hubiera disfrutado haciendo más cosas, pero cocinar para un puñado de hombres había acabado con su creatividad. Daisy estaba todavía fresca para disfrutar con su trabajo.

Mientras ella seguía hablando, Jericho probó los vegetales y se sorprendió. Siempre había preferido los guisos de carne con patatas. Habiendo pasado tanto tiempo en el ambiente militar, sus papilas gustativas estaban aletargadas. Allí, la comida era rápida y abundante, pensada para dar energía a un hombre y no para que disfrutara saboreándola. La salsa que acompañaba los vegetales era sabrosa y acompañaba bien la empanadilla.

–Verás como también te gusta mi sopa –dijo ella, como si pudiera leer sus pensamientos–. Las sopas son una de mis especialidades. Vendrán muy bien aquí en el invierno.

–¿Qué clase de sopa? –preguntó, sintiendo su estómago satisfecho.

Ella se giró, volvió a acercarse a la estufa y levantó la tapa de la cacerola. Una nube de vapor salió, desprendiendo un aroma delicioso.

–Es de carne y cebada. Encontré los ingredientes en la nevera y me pareció una buena idea preparar sopa para esta noche, teniendo en cuenta el frío que hace fuera.

–Buena idea –dijo Jericho, deseando probar la sopa en cuanto acabara la empanadilla.

–Mis recetas de sopa de tomate y de pollo con puerro…

–¿Puerro?

Ella se quedó mirándolo.

–Te gustará, ya lo verás.

Seguramente así fuera, pensó él, advirtiéndose de que no debía acostumbrar a su estómago a la buena vida.

–Bueno –continuó ella–, ya verás que cuando nieve habrá buenas sopas, pan y guisos. Luego en verano, te gustarán mis bocadillos de pollo a la brasa y…

Jericho la interrumpió antes de que se entusiasmara.

–No hagas planes a largo plazo todavía.

–Pensamientos positivos, ¿recuerdas? –dijo ella sonriendo–. Mañana, prepararé una cena mejor. ¿Qué te apetece? ¿Algún asado, pasta, enchiladas? ¿Tienes alguna preferencia?

La boca se le estaba haciendo agua sólo de oírla. Entre su aspecto y sus habilidades en la cocina, aquella mujer era un problema por partida doble.

De repente, ella se detuvo y se giró para mirarlo.

–O dicho de otra manera. ¿Hay algo que no te guste?

Él sonrió. Tenía que reconocer su tenacidad. Le había dado la mano y le había tomado el codo. Admiraba eso en toda persona y más en una mujer que buscaba hacerse un hueco.

Pero por mucho que ella quisiera ese trabajo y por más que le gustaría acostumbrarse a comer así de bien, no podía permitir que aquello ocurriera.

–Hay pocas cosas que no me gusten –admitió él por fin–. No hace falta preparar comidas complicadas. Me he acostumbrado a comer cosas sencillas. Además, es mejor así cuando tenemos clientes. Un plato de carne asada le proporciona más energía a un hombre en la montaña que un plato de caracoles.

–Uh, caracoles –dijo ella sonriendo y se encogió de hombros–. Prometo que no tienes que preocuparte en ese aspecto.

–Muy bien.

Jericho se terminó la empanadilla y pensó en tomar otra mientras la observaba moverse por la cocina. No había ninguna duda de que sabía lo que estaba haciendo. Había leído sus referencias, pero probar lo que era capaz de hacer con la comida era muy diferente a leerlo.

Siguió comiendo trozos de zanahoria y apio, mojándolos en la salsa. Era una buena cocinera, aunque eso no significaba que pudiera arreglárselas allí. Sólo había que mirarla.

Clavó sus ojos en ella y reparó en su cuerpo delicado. Llevaba el pelo recogido en una cola de caballo, que se movía al compás de sus movimientos. Estaba canturreando algo y al abrir uno de los armarios para sacar algo, vislumbró su piel pálida y suave al subírsele la blusa.

La boca se le quedó seca y se le heló la sangre. Hacía mucho tiempo que no disfrutaba de un buen fin de semana de sexo. Ahora que se había dado cuenta de aquel detalle, no pudo evitar imaginarse a Daisy Saxon en su cama, con el pelo revuelto sobre la almohada. Su sonrisa lo incitaba a besarla más apasionadamente mientras sus gemidos lo invitaban a penetrarla.

Al instante, apartó aquellos pensamientos de la cabeza y se movió incómodo en el taburete. No la quería allí. No la necesitaba.

Así que iba a deshacerse de ella enseguida.

Capítulo Tres

—Es increíble —susurró Daisy, como si estuviera en la iglesia.

Se había despertado temprano, como había hecho durante los años que se había dedicado el negocio de los restaurantes, y, después de vestirse, se había llevado a Nikki a pasear en medio de la tranquilidad de la montaña. El perro estaba explorando el entorno y había dejado a Daisy sola entre las sombras de los árboles.

Estaba en mitad de la pradera, mirando hacia la casa, pensando que la casa de Jericho King parecía un castillo de cuento bajo la clara luz de la mañana.

El día anterior había estado muy ocupada como para reparar en aquel lugar. Paseó la mirada por la fachada y una exclamación de admiración escapó de sus labios. En la segunda planta había balcones con rejas en forma de arco. Tras ellas había paneles de cristal que permitían disfrutar de las vistas a la montaña y al lago que se divisaba en la distancia.

El hotel estaba rodeado de enormes pinos, cuyas ramas susurraban cada vez que soplaba el viento.

—Es un sitio muy agradable —retumbó la voz de Jericho, apareciendo por detrás de ella.

—No te he oído llegar.

—Camino con sigilo. Me gusta hacerlo en el bosque –dijo él, contemplando la casa bajo los tonos dorados de la luz del amanecer.

Ella asintió, pensando que probablemente aquel sigilo se debía a todos los años que había pasado en el ejército.

–Está todo tan tranquilo, que uno teme hacer demasiado ruido. Me siento como si estuviera en una iglesia –dijo y suspiró–. En la ciudad siempre hay mucho ruido: coches, camiones, sirenas… Aquí, todo es silencio.

–Ésa es una de las cosas que más me gustan de este sitio.

–Entiendo por qué –convino ella–. Estoy cansada de la multitud y del ajetreo y bullicio de la gran ciudad. Por alguna razón, siempre parece que andemos con prisas en las ciudades. Estar aquí es como estar de vacaciones.

–Excepto porque hay que trabajar –dijo él secamente.

–Cierto –asintió Daisy y siguió hablando–. Me he despertado temprano y decidí dar una vuelta. Ayer no pude ver demasiado y… –de pronto se detuvo antes de continuar–. No he visto a nadie más, así que pensaba que era la única que se había levantado.

Él rió y se metió las manos en los bolsillos de su cazadora de cuero.

–Créeme, todo el mundo está levantado –dijo y señaló unos barracones que parecían una versión más pequeña de la casa principal–. Sam y los muchachos viven allí y tienen una pequeña cocina en la que pueden prepararse café y lo que necesiten. Por las mañanas no los verás demasiado, pero ven a la hora de la comida o de la cena. Estarán todos alrededor de la mesa muriéndose de hambre.

–Bien –dijo ella mirándolo con una sonrisa–. Me gusta cocinar para gente a la que le gusta comer.

–Les encanta. Ahora mismo, deben estar todos ocupados con sus tareas diarias.

–Claro.

Había sido una tonta por pensar que era la única que se había levantado. El día anterior, sólo había podido ver la casa principal y el granero. No había reparado en que hubiera otros edificios entre los árboles. Ahora sabía por qué la casa estaba tan vacía cuando se había levantado.

De repente, Nikki apareció entre la vegetación y ladeó a Jericho con una ferocidad exagerada para su tamaño. Cuando llegó hasta donde estaban, se quedó junto a Daisy como si temiera que aquel hombre fuera a hacer daño a su ama.

–Sabrás que es cebo para los coyotes –dijo Jericho sacudiendo la cabeza hacia el perro.

Ella ahogó una exclamación, se agachó y recogió al perro.

–No digas eso –dijo mirando nerviosa hacia los arbustos.

–No es un perro para un lugar como éste. Un halcón podría atraparlo.

–Estupendo, así que ahora también voy a tener que estar pendiente del cielo, ¿no?

–No sería una mala idea –añadió mirando con desagrado al animal antes de mirar de nuevo a su dueña–. ¿Cuál es el verdadero motivo para que estés aquí?

–Ya te lo he dicho.

–Sí, pero podrías trabajar en cualquier sitio. Eres una buena cocinera.

–Gracias –dijo y sonrió.

–¿Por qué aquí?

Daisy se quedó pensativa unos instantes. De todas formas, no iba a decirle el verdadero motivo. Así que dio un amplio rodeo a la verdad y volvió a dejar a Nikki en la hierba antes de hablar.

–Ya te dije que quería un cambio y…

–Sí, pero parece un cambio demasiado radical.

–Quizá –admitió ella, dirigiendo de nuevo la mirada hacia el hotel, bañado por la luz del sol–, pero para cambiar hay que arriesgarse, ¿no? Cambiar de un apartamento a otro, o de un restaurante a otro no es cambiar. Es sólo…

–¿El qué?

–Ya sabes, no es un cambio de verdad.

Él sacudió la cabeza y puso los ojos en blanco.

–¿Por qué aquí?

–Porque conocías a mi hermano –balbuceó–. Y porque Brant me habló de ti en sus cartas. Te admiraba mucho.

Él se quedó de piedra y su mirada se tornó gélida. Daisy no pudo evitar preguntarse por qué.

–Era un buen muchacho –dijo Jericho después de unos segundos en silencio.

–Sí, lo era.

Lo había pasado mal durante el último año. Cada vez que pensaba en Brant, no podía evitar que los ojos se le llenaran de lágrimas y que se le hiciera un nudo en la garganta por la emoción. Ahora al menos, podía recordarlo y sonreír. Para consolarse, se aferraba a los buenos recuerdos que tenía de él y cada vez lloraba menos.

Aun así, cada vez que hablaba de él, no podía evitar que se le quebrara la voz.

–Era unos años menor que yo. Nuestros padres murieron cuando él era muy pequeño, así que lo crié yo. Siempre me sentí más como su madre que como su hermana.

–Me lo contó.

–¿De veras? –preguntó con una sonrisa ansiosa en su rostro.

Aquello era lo que había querido, alguien que hubiera conocido a Brant. Alguien que pudiera recordarlo con ella y mantener su recuerdo vivo. Además, Jericho King lo había conocido al final de su vida y aquéllos eran los fragmentos que Daisy necesitaba. Quería saberlo todo.

–¿Qué te contó de mí? –añadió Daisy–. No, espera –dijo alzando la mano–. Si se quejó sobre mí, no sé si quiero saberlo.

Él sonrió.

–No te preocupes –le dijo–. Brant sólo me contó cosas buenas sobre ti. No dejaba de hablarles a sus amigos de tu salsa secreta para las hamburguesas. Lo repetía tanto, que le mandaban callar porque los torturaba con aquello.

–¡Oh, cuánto me alegro! –exclamó Daisy con los ojos llenos de lágrimas–. Gracias por decírmelo. Es duro para mí no saber cómo fue su vida antes de morir. Algunos de sus amigos me escribieron después de… Me alegro de oírte hablar de él, de saber que lo conocías y que te caía bien. Yo…

–Venga, no llores.

Daisy sollozó y sonrió.

–No voy a hacerlo. Cuando me enteré de que Brant había muerto, lloré durante días.

Se dio la vuelta y comenzó a andar. No podía seguir allí parada. Nikki permaneció junto a sus pies y Jericho caminaba un paso por detrás del perro.

–A veces creía que nunca sería capaz de dejar de llorar. La cosa más tonta me afectaba: su canción favorita en la radio, su primer guante de béisbol,… Incluso Nikki me hacía llorar.

–Es comprensible –murmuró él.

Daisy sonrió aliviada. Era un buen tipo.

–Brant me regaló a Nikki por mi cumpleaños antes de marcharse. Así que era mi último vínculo con él y cuando murió… –sacudió la cabeza y sonriendo al perro, continuó–. Al final me di cuenta de que Nikki era una bendición. Así no estaba completamente sola. Es como si me quedara algo de Brant.

–Sí, lo entiendo –dijo él amablemente.

Ella lo miró y se encontró con sus ojos.

–Te agradezco la carta que me escribiste.

El mentón de Jericho se tensó, como si estuviera mascullando las palabras.

–Siento haber tenido que escribirla.

–Oh –exclamó sonriente mientras ponía una mano sobre el brazo de Jericho–. Yo también. Desearía de todo corazón que Brant siguiera vivo. Pero no es así. Quiero que sepas que me ha gustado que me hayas hablado de él. Lo que me has contado de sus amigos y lo mucho que lo apreciabais me consuela. Te lo digo por si acaso te lo estabas preguntando.

Parecía muy incómodo y Daisy se preguntó por qué. Tenía que agradarle saber que lo que había hecho le había gustado.

–Era un buen marine –dijo él después de unos segundos de silencio.

–Viniendo de ti, es un gran elogio –añadió Daisy,

recordando las cartas que Brant le había escrito–. Mi hermano hablaba mucho de ti en sus cartas. Te admiraba y trataba de parecerse a ti, de aprender de ti.

Incómodo por la conversación, Jericho se inclinó para recoger una rama que había en la hierba y la arrojó a los arbustos.

–Habría hecho una gran carrera en la Marina.

Daisy sabía que eso era exactamente lo que Brant quería. Su hermano pequeño quería servir a su país y se había puesto a prueba con los demás marines. Había sido muy importante para él, tan importante, que había dado su vida por sus ideales. Y aunque aún le dolía el corazón por su ausencia, el estar cerca de Jericho, le hacía sentir como si no lo hubiera perdido del todo.

Ésa era una de las razones por las que había ido hasta allí para quedarse embarazada. Jericho había conocido y apreciado a Brant. Y además, formaba parte del ejército que se había llevado al último miembro de su familia. ¿Acaso no era justo que ahora le diera una familia?

Miró en dirección al protagonista de sus pensamientos. No era una mujer acostumbrada a mentir o a manipular. Había una parte de ella que no estaba contenta con lo que estaba haciendo. Después de todo, tenía planeado engañarlo para que la dejara embarazada. Pocas cosas había más retorcidas que aquélla.

Pero, ¿qué otra opción tenía? Quería volver a tener una familia y volver a sentir cariño de nuevo.

Aquélla era la única forma de conseguirlo y llenar el vacío que le había dejado la muerte de Brant.

–¿Sabes? Estuve a punto de conocerte una vez –dijo Daisy.

–¿Cuándo?

–En Camp Pendleton. Fui a ver a Brant antes de que partiera y mientras me estaba enseñando la base, te vio a lo lejos –dijo y sonrió al recordarlo–. Estabas saliendo de un edificio y nos dirigíamos a tu encuentro, pero un coronel se acercó a hablar contigo. Cuando te fuiste con él, Brant se sintió decepcionado.

También recordaba perfectamente lo guapo que estaba Jericho King con el uniforme. Alto y fuerte, e incluso en la distancia, apuesto. Ella también se había sentido desilusionada al no poder conocerlo. Pero allí estaba ahora, un año más tarde, en su casa.

«La vida da muchas vueltas», se dijo.

–Era un buen marine –dijo Jericho, como si su intención fuera decirle exactamente lo que quería oír–. Tenía muchos amigos en su unidad.

–Siempre le gustó tener amigos. Y a la gente le caía muy bien –añadió con una nota de tristeza en sus palabras.

Él asintió, pero no dijo nada. Al llegar al borde de la pradera, el sol comenzó a asomar sobre la copa de los árboles, derramando su luz dorada sobre los pinos.

–Me caía bien tu hermano –dijo por fin, mirando la cumbre de la montaña como si estuviera esperando la aparición del enemigo–. Por eso, voy a contarte algo que tienes que saber, lo quieras o no.

–No suena bien.

Apartó la mirada de la distancia y la fijó en ella.

–Tu sitio no es éste, Daisy.

–¿Cómo?

No se esperaba eso, pero al mirarlo, no supo por qué no. Su rostro estaba entre sombras, oscureciendo sus ojos y haciendo que estuviera más guapo de lo habitual.

–Tu sitio no está aquí en la montaña.

Tras unos incómodos instantes, su preocupación se incrementó. ¿Iba a cambiar de opinión? ¿Echarla antes de que tuviera oportunidad de probar su valía? No la conocía ni sabía de lo que era capaz. ¿Cómo se atrevía a decidir lo que podía hacer y lo que no?

–Lo es si lo digo yo.

Jericho dejó escapar un suspiro y Daisy vio cómo se le tensó el músculo del mentón.

–No es tan sencillo. Además, no creo que tu hermano quisiera que estuvieras aquí.

Daisy se quedó mirándolo sin parpadear. ¿Acaso estaba utilizando a su hermano para deshacerse de ella?

–¿Cómo dices?

–¿Crees que a Brant le gustaría la idea de que vivieras en una montaña perdida con un puñado de ex marines? Vivir con un puñado de hombres no es fácil.

¿Todos ellos habían sido marines? Daisy sacudió la cabeza y se concentró en la conversación.

–Brant era un marine. Probablemente le habría gustado que estuviera aquí. Me siento segura rodeada de los hombres en los que confiaba.

–Lo estás poniendo más difícil de lo que es –murmuró Jericho.

–No, eres tú el que lo está complicando. Lo único que he hecho es pedir un empleo y lo he conseguido. Ya has probado cómo cocino y te ha gustado. ¿Así que la única queja que tienes de mí es que no pertenezco a este lugar? No me parece suficiente.

Daisy se quedó mirando fijamente sus ojos azules, que parecían tratar de leer sus pensamientos.

–Déjame que te recuerde que Brant era mi hermano pequeño. Nunca tomó ninguna decisión por mí y creo que no le resultaría fácil empezar a hacerlo ahora.

Jericho frunció el ceño. Aquel gesto impresionaba y Daisy se imaginó que muchos jóvenes reclutas se habrían sentido intimidados. No estaba dispuesta a dejar que la intimidara.

–Lo conocía muy bien y no creo que le hubiera entusiasmado el que estuvieras aquí.

–Sí, conocías a Brant y me alegro de que tengamos ese vínculo. Por algún motivo, hace que su recuerdo esté más vivo cuando estoy con gente que lo conoció. Pero creo que lo conocía mejor que tú. Aun así, aunque estuviera aquí para poder opinar, la decisión es mía.

–Y mía –le recordó Jericho.

Su expresión era dura y sus ojos fríos como dos bloques de hielo. El sol siguió tomando fuerza e intensificando las sombras a la vez. Observó el rostro de Jericho, confiando en encontrar una grieta en su armadura. Pero no vio nada. Aquél era el rostro de un guerrero, un hombre experimentado en la batalla. Si quería defenderse de él, iba a tener que emplear toda su fuerza y su confianza en sí misma. Si permitía que supiera que estaba preocupada, eso le daría ventaja en aquel enfrentamiento de voluntades.

Daisy respiró hondo.

–De acuerdo, tienes razón, también es tu decisión. Pero prometiste darme una oportunidad.

Él se agitó impaciente.

–Eres la mujer más obstinada que he conocido.

–Si crees que eso me molesta, te equivocas –dijo agachándose para recoger a Nikki–. Puede que nunca haya estado en un campo de batalla, pero he tenido que luchar para conseguir todo lo que he tenido.

–Eso no es…

–Sé lo que es esforzarse –dijo interrumpiéndolo–. Llevo mucho tiempo arreglándomelas yo sola. Crié a mi hermano sin la ayuda de nadie. Sé lo que es estar tan agotada como para desear meterte en la cama y no levantarte en un año, pero no poder hacerlo para acabar las cosas pendientes –añadió levantando la barbilla y clavando la mirada en la de él–. No tengo miedo. Haré lo que haga falta para conseguir lo que quiero.

Él asintió.

–¿Sabes una cosa? Si no quieres atender a razones, es tu decisión. Si quieres hacer esto, de acuerdo, lo haremos. Estate lista mañana al amanecer. Subiremos la montaña y entonces veremos lo mucho que deseas este estúpido trabajo.

Tenía que estar loco. Ésa era la única explicación para aquello. Bajo la suave luz del alba, Jericho miró el cielo, se ajustó la mochila y echó un vistazo a la casa. Como si mirarla fuera a hacer que Daisy Saxon apareciera.

–Todavía no ha amanecido –dijo Sam acercándose con sigilo.

Tenía razón. Daisy no se estaba retrasando.

–Casi.

–¿Cuál es el plan, JK? –preguntó el hombre, pasándose la mano por su pelo canoso–. ¿Te la llevas a la montaña para ponerla a prueba?

Miró con cautela a su amigo. ¿Tan fácil era adivinar lo que estaba pensando? ¿Se imaginaría Daisy que estaba seguro de que no pasaría las pruebas de supervivencia? Además, tampoco es que fuera a sabotearla.

Tan sólo evitaría ofrecerle ayuda alguna. No tenía ninguna duda de que antes de que acabara el día, ella se daría por vencida.

–¿Qué te importa? –preguntó Jericho, sin confirmar ni negar las sospechas de su amigo.

Sam le dirigió una mirada que Jericho no había visto en el viejo desde que fuera su instructor al incorporarse en el cuerpo de marines. Al acabar el campamento de entrenamiento, se habían convertido en amigos y habían mantenido el contacto durante los años a pesar de sus distintos destinos. Sam había sido un marine durante veinte años y el irse a vivir a King Mountain había sido la elección lógica.

El viejo había sido un hombre inquieto, demasiado joven para retirarse, pero demasiado mayor para permanecer en el cuerpo. Así que se había ido allí y había entrado a formar parte de King Adventure. El éxito del campamento era un mérito tanto suyo como de Jericho. Ambos se llevaban muy bien y tenían una forma de pensar parecida, a pesar de las dos décadas de edad que los separaban.

Se habían convertido en familia, pensó Jericho. Al igual que los otros muchachos que trabajaban para él. Eran hombres sin familias, sin un lugar al que ir. Algunos habían estado en combates y no se sentían cómodos estando rodeados de mucha gente. Algunos simplemente querían vivir en espacios abiertos y empleos que no fueran estrictos. Fueran cuales fueses sus razones, todos habían ido allí en busca de trabajo y de un lugar al que llamar hogar.

Hasta aquel momento, Sam y él no habían discutido sobre nada importante en años.

–Parece una chica buena –estaba diciendo–. No

quiero pensar que la llevas a la montaña para quitarle las ganas.

Jericho sintió un arrebato de irritación mientras miraba a su amigo. El hecho de que además se sintiera culpable le causaba frustración. ¿Tan fácil le resultaba a su amigo adivinar lo que estaba pensando?

–Maldita sea, Sam. Pensé que no sólo me entenderías, sino que estarías de acuerdo conmigo. ¿Te has fijado bien en ella? Es fácil adivinar que éste no es sitio para ella.

–Yo no lo veo así –dijo Sam metiéndose las manos en los bolsillos de sus vaqueros y resopló–. Lo que veo es que estás intentando deshacerte de una mujer bonita sólo porque te pone nervioso.

Nerviosismo no era la descripción exacta de lo que Daisy le producía, pensó Jericho, pero no estaba dispuesto a admitirlo.

–Tonterías. Lo hago por ella, no contra ella.

–Puedes decir lo que quieras, pero te conozco muy bien como para creérmelo –dijo Sam sacudiendo la cabeza y sonriendo–. Esa muchacha te afecta y no quieres reconocerlo, así que quieres deshacerte de ella antes de que se instale.

De nuevo, Sam había dado en el clavo y Jericho se preguntó si en los dos años que llevaba de civil, había perdido su habilidad para poner cara de póquer. O quizá resultaba transparente para la gente que hacía mucho tiempo que lo conocía.

–No es eso…

Sam resopló de nuevo.

–De acuerdo, ¿quieres que lo admita? Es atractiva. Es tan atractiva, que me tiene al límite desde que llegó aquí. Es una bomba andante. Pero hay algo más.

Serví con su hermano, con su difunto hermano. Ahora, me tiene como algún tipo de vínculo con él o algo así.

–¿Tan malo es eso? Todo el mundo necesita encontrar conexiones, JK. Perdió a su hermano. ¿No tiene derecho a obtener lo que quiera de nosotros, de ti? ¿No debemos al menos darle la oportunidad de que consiga lo que quiere?

A Jericho no le gustaba que le sermonearan, especialmente cuando el que lo hacía tenía razón.

–Te observé anoche durante la cena –continuó Sam, bajando la voz–. Por cierto que la chica cocina muy bien. Vi cómo la mirabas.

Estupendo, pensó Jericho. No sólo se había dedicado a fantasear sobre una mujer durante la cena, sino que había sido tan evidente que los demás se habían dado cuenta. Un motivo más para que Daisy se fuera. Su autocontrol legendario estaba desapareciendo, lo que era algo que no podía soportar.

–Déjalo, Sam.

–No te culpo. Es muy guapa, pero si crees que puede ser una más de tus conquistas de fin de semana, será mejor que te quites esa idea de la cabeza –dijo Sam entrecerrando los ojos–. Es una buena chica. Y muy agradable. Y se merece algo más que un revolcón y una salida a la montaña.

Lo sabía. Sabía que Daisy Saxon iba a ser sinónimo de complicaciones. Por eso era por lo que la quería lejos de él. No quería complicaciones.

–Sargento mayor, ¿cuándo demonios se ha convertido en una niñera?

–Digo lo que pienso. Creo que le debes a su hermano algo más que tratarla mal –dijo Sam–. Dale una verdadera oportunidad, JK. Deja que demuestre si tiene lo que hace falta. Y sé sincero acerca de los motivos por los que quieres que se vaya.

Sam se fue hacia el granero y Jericho se quedó echando humo. Hacía tiempo que nadie le discutía sus decisiones.

Ahora, era él el que ponía las reglas. No había tenido que responder ante nadie desde que dejara el cuerpo de marines y no iba a empezar a hacerlo ahora. Sí, pensó, le debía algo a Daisy Saxon por su hermano.

¿Pero un trabajo? ¿no era mejor que volviera allí a donde pertenecía? Lejos de la montaña, en la ciudad. Ahora se sentía confuso, cuando antes lo había visto claro. Quizá estaba siendo muy duro con ella. Quizá debería darle una oportunidad y aprender a vivir con la desazón que le provocaba tenerla cerca. Quizá…

—¡Listos!

Se giró y vio a Daisy saliendo al porche de la casa. Suspiró. Su aspecto era bueno, pero totalmente inapropiado para la caminata que tenían por delante. Si había tenido alguna duda unos minutos antes, éstas habían desaparecido. Era evidente que no era una mujer acostumbrada a las actividades al aire libre.

Llevaba el pelo recogido en una cola de caballo. Llevaba unos vaqueros de marca con un jersey rojo, unas botas negras con algo de tacón y un bolso de lona al hombro, mientras sujetaba a su perro en el otro brazo.

Jericho suspiró. No, pensó. Estaba haciendo lo correcto.

Ella no pertenecía a aquel lugar.

Capítulo Cuatro

Daisy estaba deseando acostumbrarse a la mochila que Jericho le había obligado a llevar. Incluso le había dado las gracias por la chaqueta gruesa que le había pedido prestada a Kevin, el cocinero. También había sido obediente y se había puesto unas zapatillas deportivas después de que la hubiera amenazado de romperle los tacones de sus botas favoritas.

–Todo es nuevo para Nikki y se asustaría sin mí.

Daisy seguía discutiendo a pesar de que Jericho se había dado por vencido hacía diez minutos. Miró su ancha espalda mientras él caminaba unos metros delante de ella.

–Ese perro no tiene nada que hacer aquí. Puede acabar perdiéndose o siendo devorado por algún animal.

–Claro que no –insistió Daisy, acercando a Nikki a su mejilla–. Yo me encargaré de cuidarla.

–Increíble.

Al menos, eso le pareció que había murmurado entre dientes, pero no estaba segura. No había ninguna duda de que Jericho estaba de mal humor. Ni siquiera parecía estar disfrutando de la belleza que los rodeaba, al contrario que Daisy. Nada más salir del hotel, habían sido engullidos por el bosque y ya no se veía la casa de Jericho. Si no estuviera con ella, habría pasado días dando vueltas sin saber qué dirección tomar, lo que le había puesto algo nerviosa. Al poco, había dejado de preocuparse y había empezado a disfrutar del entorno.

No dejaba de mirar a su alrededor, tratando de reparar en todo. El suelo del bosque era esponjoso y suave, y estaba lleno de agujas de pino que desprendían su aroma con cada pisada. Los árboles que la rodeaban parecían llegar al cielo.

Mientras avanzaban, se encontraban de vez en cuando con algún claro cuajado de flores. También estaba el cielo. Nunca antes había visto aquella tonalidad de azul. En la ciudad había demasiada polución y demasiados edificios y las pocas franjas de cielo que se podían ver, no eran tan bonitas. Eso hacía que la incesante caminata fuera aún más agradable. Cuando se cayó, sólo pudo culparse a sí misma por no mirar por dónde caminaba.

–¡Oh!

Nikki escapó al instante y salió disparada hacia la maleza antes de que Daisy pudiera decir su nombre. Al momento, Jericho llegó a su lado y tomándola del hombro la ayudó a levantarse.

–¿Estás bien?

–Sí –murmuró, más avergonzada que dolorida, y se sacudió las agujas de pino–. Estaba mirando al cielo y… ¡Nikki, ven aquí!

El perro ladró a algo y Jericho maldijo entre dientes.

–La he asustado al caerme –dijo Daisy en defensa de su perro–. Creo que tropecé con una piedra o algo así.

–¿Estás segura de que estás bien?

–Estoy bien. Tan sólo me siento un poco humillada –dijo y el perro apareció entre sus pies–. ¡Aquí estás, bonita! Has asustado a mamá corriendo de esa manera.

–¿Mamá?

–Es mía –dijo Daisy sonriendo, agachándose para ponerle una correa roja al collar.

–Claro –dijo Jericho sacudiendo la cabeza–. ¿Podemos irnos ahora?

–Claro –dijo, decidida a mostrarse optimista durante aquella experiencia–. Estoy segura de poder caminar otros veinte kilómetros sin problemas. Porque ya debemos llevar esa distancia recorrida, ¿verdad?

Él la miró, arqueando una ceja.

–Tan sólo llevamos unos cuatro kilómetros.

–¿De veras? Eso es frustrante –dijo Daisy, reparando en el dolor de sus muslos y gemelos–. Parecía que llevábamos más.

–Ni que lo digas –murmuró Jericho y comenzó a caminar de nuevo.

Daisy lo siguió un paso por detrás, con un ojo puesto en la senda y el otro en Nikki.

Aquella altitud hacía que fuera difícil hablar, caminar y respirar a la vez, pero Daisy no se dio por vencida.

–Antes de venir aquí, busqué información sobre ti –dijo ella.

–¿De veras?

Daisy frunció el ceño al ver que continuaba caminando y no se giraba a mirarla. No había mejor manera de decirle que no estaba interesado en lo que le estaba contando. Pero eso no la hizo callarse.

–Bueno, no sólo sobre ti, sino también de esta montaña. ¿Sabías que antes había osos?

Al decirlo, miró los árboles que había a su alrededor, a pesar de que sabía que aquellos animales estaban casi extinguidos en California.

–Sí, lo sabía.

–¿Y sabías que King Mountain es la mayor zona salvaje que sigue en manos privadas?

–Eso también lo sabía.

Daisy volvió a fruncir el ceño y se mordió el labio inferior. Claro que debía saberlo. Al fin y al cabo, eran terrenos suyos, pero al menos podía mostrarse educado e interesado.

–También vi una cascada en uno de los planos que consulté. ¿Vamos a pasar por ella?

–Quizá.

Aquel hombre empezaba a resultarle un auténtico pesado, pensó mientras empezaba a perder la paciencia. Estaba evitando hablarle a posta. Probablemente pretendía que se callara y por eso evitaba responder. Era evidente que no la conocía bien. Su madre solía decir que no había quien hiciera callar a Daisy.

–Todavía no puedo creer que seas dueño de la montaña –dijo sacudiendo la cabeza–. Me refiero a que tu apellido figura en los mapas. King Mountain.

–Sí –murmuró él–, lo sé. ¿Sabes que no deberías hablar tanto por la senda?

–¿De verdad? ¿Por qué?

Él se giró y la miró por encima del hombro.

–Puede haber animales salvajes. Será mejor que prestes atención a lo que te rodea.

–Pero tú también estás aquí.

–Sí, yo…

–¿Qué clase de animales salvajes? –preguntó Daisy

después de unos segundos de silencio en los que aprovechó para mirar los árboles que tenía a su alrededor en busca de alguna bestia oculta entre la maleza–. Sé que no hay osos pardos, pero…

–Aún quedan otra clase de osos –añadió Jericho–. Por no mencionar coyotes, algún que otro lobo y pumas.

–¿En serio?

–Pensé que te habías informado acerca de la montaña.

–Así es, pero…

En ninguna parte había leído que allí hubiera pumas. ¿Cómo se le había pasado por alto?

–¿Todavía te alegras de haber traído a ese perro?

Imágenes de Nikki siendo devorada por Dios sabe qué bestia, asaltaron la mente de Daisy, y sujetó con fuerza la correa del perro para mantenerlo entre Jericho y ella. Aunque se mostrara hosco, sabía que no permitiría que nada les ocurriera a ella y a su perro.

–Más que antes –contestó, manteniéndose a poco más de un metro de él–. Está mejor conmigo. Así estoy más segura de que está a salvo.

–¿Y quién se asegura de que tú estás a salvo? –preguntó, mirándola por el rabillo del ojo.

–Imagino que tú –dijo, dedicándole una amplia sonrisa.

–No estoy aquí para ayudar. Mi deber es acompañarte durante el recorrido por la senda para ver cómo te las arreglas. Soy un mero observador.

–Lo sé, pero… –comenzó Daisy y se detuvo al llegar a una curva del camino–. Esto es precioso –susurró.

Sintió que Jericho se detenía a su lado, pero no apartó la mirada del paisaje que tenía ante ella.

Frente a ellos se extendía un claro de hierba alta, salpicado de amapolas. En medio, moviéndose con elegancia, había un ciervo. Como si no fuera del todo real, el animal se paró en mitad de una mancha de sol y hundió la cabeza en la hierba. Llevada por aquella escena, Daisy tomó la mano de Jericho y la apretó, como si quisiera asegurarse de que lo que estaba viendo era verdad.

Sus dedos se entrelazaron a los de ella y ambos permanecieron unos segundos unidos, como si el tiempo se hubiera detenido.

Entonces, Nikki ladró y el ciervo levantó la cabeza, los miró y salió corriendo en dirección contraria.

Jericho soltó la mano de Daisy.

–Será mejor que sigamos –dijo bruscamente.

Daisy sintió que su corazón comenzaba a latir con fuerza y cada inspiración se le hizo más pesada. Seguía sintiendo el cosquilleo en su piel, como si siguiera en contacto con él.

Cerró la mano en un puño, tratando de alargar la sensación.

–¿De verdad vamos a caminar veinte kilómetros más? –preguntó cuando pudo confiar en su voz.

–No, seguiremos un poco más antes de acampar.

Aunque se sentía aliviada, a punto estuvo de quejarse ante la idea de tener que seguir caminando. Pero se contuvo. No podía mostrarse débil. No podía dejar que supiera que le dolían las piernas y los hombros, debido al peso de aquella estúpida mochila. Iba a demostrarle que encajaba en su mundo para así estar mucho más cerca de lo que quería.

–¿Un poco más? –se obligó a preguntar–. ¿A qué estamos esperando?

Jericho la miró y arqueó una de sus cejas oscuras.

–Mantén callado al perro. A algunos animales no les agradará sus ladridos. Sentirán curiosidad, puede que incluso hambre.

Ella suspiró.

–Estás intentando asustarme a propósito, ¿verdad?

–Deberías estar asustada, Daisy. Esto no es un parque. Esto es la Naturaleza y los animales que te puedes encontrar aquí no son los que ves en la televisión. A éstos no les gusta la gente.

–No soy una idiota –le dijo–. Sé que los animales salvajes son eso, salvajes. Sé que no estoy en mi entorno…

Al oír aquello, Jericho rompió a reír.

–Pero –continuó ella–, voy a hacer esto.

Él se encogió de hombros y siguió caminando a grandes pasos.

–Si tan claro lo tienes, sigue caminando.

Daisy contuvo la desesperación que sentía y evitó replicar. Entonces se dio cuenta de que le estaba sacando mucha ventaja, así que sujetó a Nikki con fuerza y se dio prisa para alcanzar a aquel hombre que, en aquel momento, era el centro de su mundo.

¿Por qué no lo estaba volviendo loco? Jericho no había dejado de hacerse aquella pregunta en las últimas dos horas. Cuando estaba en la montaña, le gustaba el silencio. Algunos de sus clientes eran incapaces de mantenerse callados, pero Daisy Saxon era insuperable. La mujer no había dejado de hablar desde que salieran de la casa.

Había hablado del bosque, de su anterior trabajo,

de su hermano fallecido y de un novio que no sólo la había dejado por una de sus amigas, sino que le había robado la tarjeta de crédito al marcharse.

Y cuando no estaba hablando de su vida, no dejaba de hacerle preguntas sobre la suya o de contarle acerca de los pasteles que iba a hacer cuando regresaran al hotel.

Sus oídos llevaban horas zumbando. Estaba interesada en todo y tenía una opinión para todo.

Pero por encima de todo, se había dado cuenta de que no se había quejado ni una sola vez. Y eso lo sorprendía. Había pocas cosas que pudieran sorprender a Jericho. Así que el hecho de que Daisy le hubiera hecho replantearse su opinión sobre ella, lo asombraba.

El último grupo de clientes a los que había acompañado por la montaña incluía un director de banco que presumía de ser autosuficiente, pero que no había dejado de llorar como un bebé durante el recorrido. Se había empeñado en dar un paseo por la Naturaleza, pero enseguida se había arrepentido.

Sin embargo, Daisy no había dicho ni pío.

Sabía que estaba cansada. Sus pasos cada vez eran menos vigorosos y sus intentos por entablar conversación eran cada vez más escasos. Pero no se había parado, ni había pedido un descanso y Jericho la admiraba por eso. Pero a la larga, ¿qué supondría eso?

Daisy dio un traspié e, instintivamente, él la tomó por el codo para que no se cayera. Al rozarla, volvió a sentir una oleada de calor, así que rápidamente la soltó.

–Ten cuidado por donde pisas o te vas a romper una pierna y tendré que cargar contigo.

Ella asintió.

–Lo siento. Estaba mirando a Nikki.

–Deja que yo me ocupe del maldito perro –dijo casi gruñendo–. Mira bien dónde pones el pie.

–Vaya mal humor –dijo Daisy y sin esperar a que contestara, añadió–. Es evidente que no me quieres aquí, ¿verdad?

–Pienso que es un error.

–Eso ya me lo has dicho, pero no lo es –dijo y se giró hacia él, mostrándole una amplia sonrisa en sus labios seductores–. Admítelo, lo estoy haciendo mejor de lo que pensabas. Venga, dime que lo estoy haciendo bien.

Él dejó escapar un suspiro.

–A pesar de la caída, sí, de momento lo has hecho bien.

–¡Gracias! ¡Qué agradable!

Él sonrió a regañadientes. Ella seguía sonriendo y sus ojos brillaban divertidos. Tenía que estar exhausta e irritada con su actitud, pero era admirable cómo se mantenía optimista.

–Eres unas mujer rara, ¿verdad?

–Rara, no, diferente –lo corrigió–. Por ejemplo, cuando alguien está malhumorado, no dejo que su estado de ánimo me afecte.

–Buen tiro –dijo él, captando la indirecta–. Has dado en el clavo.

–Lo sé –dijo Daisy, comprobando que su perro estuviera bien–. ¿Cuánto queda?

–¿Cansada? –preguntó él, arqueando una ceja.

–No –respondió ella, alzando la barbilla y encontrándose con su mirada–. Podría seguir durante horas. Es sólo que tengo curiosidad.

–Claro –dijo él sacudiendo la cabeza–. De acuerdo, escucha.

–¿El qué?

Él suspiró.

–Tienes que estar callada para escuchar.

–Muy bien –dijo ella y frunció el ceño, concentrada–. ¿Qué es eso? Parece el murmullo de cientos de personas.

–Es el río –respondió él–. Está justo ahí, detrás de ese pino retorcido. Esta noche acamparemos aquí.

Ella suspiró y él se regodeó en la tranquilidad de aquel sonido.

Tenía que reconocerle su mérito. Debía sentirse al borde del colapso, pero no estaba dispuesta a confesárselo. Aquella mujer tenía agallas y determinación. Y eso era algo que Jericho admiraba. Incluso pensó que la había juzgado demasiado pronto por su aspecto, dándola por incapaz de sobrevivir en su mundo.

El problema estaba en que no quería confundirse con ella. Su vida sería mucho más fácil si no pasaba aquella prueba y volvía allí de donde había salido.

Cuando terminaron de asentar el campamento, Daisy estaba agotada. Lo ayudó a extender los sacos de dormir y luego lo observó haciendo el fuego. Había colocado unas piedras en círculo y había despejado de ramas la zona para evitar que prendieran las chispas que pudieran saltar.

Una vez el fuego estuvo en marcha, Daisy se hizo cargo, sorprendiéndolo de nuevo. Había llevado una cafetera de hojalata que había llenado de agua y dejado junto a las piedras para que hirviera.

–Casi pareces saber lo que estás haciendo –comentó él.

–Bueno, fui una chica scout durante un montón de años. Hicimos un par de acampadas y todavía recuerdo al jefe del grupo instalando el campamento.

Le dedicó una sonrisa y, bajo la luz de la fogata, sus rasgos eran suaves y bonitos.

La oscuridad rodeaba el campamento y las estrellas brillaban en el cielo sobre sus cabezas. Nikki estaba durmiendo en uno de los sacos de dormir, mientras Jericho y Daisy estaban sentados uno frente al otro, ante el fuego.

Mientras esperaba a que el agua hirviera, Daisy buscó algo en su mochila y sacó un par de platos de plástico cubiertos.

–¿Qué es eso?

–¡La cena! Anoche hice más empanadillas para traer y también tengo crema de maíz. Tan sólo tenemos que calentarla.

Sorprendido de nuevo, volvió a sacudir la cabeza.

–Te das cuenta de que esto no es un picnic, ¿verdad?

–Tenemos que comer y pensé que esto sería lo mejor. Pero no te preocupes –dijo con cierto tono de ironía–. Si insistes, mañana podemos comer un trozo de corteza. Pero esta noche, yo invito a la cena.

Él dejó escapar una carcajada.

–¿Un trozo de corteza?

Daisy ladeó la cabeza y lo miró divertida.

–Deberías hacerlo más a menudo.

–¿Comer corteza?

–No, sonreír.

Jericho la observó llenar la cafetera con café, y volver a dejarla junto al fuego.

–No dejas de sorprenderme –dijo él después de unos segundos de silencio–. Hoy creí que te darías por vencida.

–Lo sé.

–¿Por eso aguantaste?

–Imagino que sí en parte –admitió, abrazándose las piernas–. Por otro lado, también quería demostrarme a mí misma que era capaz. Admito que estoy cansada y que podría irme a dormir ahora mismo, pero lo hice.

Él asintió.

–Lo hiciste.

–¿Quiere eso decir que he pasado la prueba?

–Todavía no –dijo él, pensando en lo que le esperaba al día siguiente.

La próxima noche estaría mucho más cansada de lo que estaba en aquel momento, pensó, y se dio cuenta de que la idea no le agradaba demasiado.

–Tienes que pasar dos días y dos noches al completo.

–Lo conseguiré, ya lo verás.

Su voz era suave y contundente.

–Estoy convencido de que lo intentarás –dijo Jericho.

–Al menos eso es algo.

Justo detrás del campamento, el río discurría en la oscuridad, haciendo sonar sus aguas. Un frío viento sopló entre los árboles y Daisy se abrochó el chaquetón que le habían prestado.

–No puedo creer que haga tanto frío aquí. En Los Ángeles, las noches siguen siendo cálidas.

–Probablemente tengamos nieve antes de que acabe el mes.

–Estoy deseando verlo –dijo Daisy, mirándolo con sus ojos brillantes.

–Ya veremos –dijo Jericho, tocando la cafetera con la punta de los dedos.

Luego, tomó un trapo y agarró la cafetera por el asa. Sirvió un par de tazas y luego vio cómo Daisy acercaba al fuego una cacerola y echaba la crema de maíz en ella.

–Estará listo en unos minutos –dijo y dio un sorbo a su café–. Así que mientras esperamos, háblame de Brant.

Aquello le pilló desprevenido y Jericho la miró.

–¿A qué te refieres?

–Quiero saber cómo eran las cosas cuando estabais allí. ¿Fue feliz Brant antes de morir?

Capítulo Cinco

–¿Feliz? –preguntó Jericho frunciendo el ceño–. Nadie es feliz en el campo de batalla.

–Ya sabes a los que me refiero –insistió ella.

Él se quedó mirando su café, como si estuviera buscando en él las respuestas.

–Sí, lo sé –dijo por fin–. El caso es que mucha gente hace esa pregunta, pero lo cierto es que no quieren saber cómo es una zona en guerra.

–Yo sí. Quiero saber cómo era la vida de mi hermano antes de que muriera.

Fijó su mirada en ella y se mantuvo inexpresivo.

–Brant hizo su trabajo. Era bueno –dijo y al ver que ella abría la boca para decir algo, se lo impidió–. Daisy, déjalo.

–No puedo –replicó y un brillo de pesar asomó a sus ojos marrones–. Tengo que saberlo.

Jericho suspiró, dio un trago a su café y le contó algunas cosas. Los civiles nunca entendían lo que se sentía al estar en una zona en guerra. Nunca entenderían los momentos en que la adrenalina se disparaba y las horas de aburrimiento que seguían. Nunca comprenderían lo que era poner la vida en manos de otro o la lealtad que se daba en el día a día de la vida militar.

¿Cómo iban a hacerlo?

Así que se lo contó sin entrar en detalles.

–Los días eran muy calurosos y las noches tan frías, que a veces uno creía que se iba a despertar con carámbanos de hielo en la nariz.

–Recuerdo que Brant se quejó del frío en uno de sus correos electrónicos. Mandé mantas para todos los de su unidad –dijo ella.

–Lo sé –asintió sonriendo al recordarlo–. Ese día hubo mucho que celebrar. Después de aquello, todo el mundo se arremolinaba alrededor de Brant cada vez que llegaba uno de tus paquetes.

–Me alegro –dijo Daisy, aunque su expresión era de tristeza.

Al menos, podía concederle aquello, que supiera que sus esfuerzos habían sido apreciados por otros, además de su hermano.

–Los toques caseros se agradecen cuando uno está lejos del hogar. Puedo decirte que aquel café instantáneo que le enviaste, lo hicieron muy popular. Después de una temporada tomando comidas listas para consumir, uno pierde el sentido del gusto.

Daisy asintió.

–Brant me habló de esas comidas. De hecho, una vez me hizo probar una. Era un guiso de atún.

Jericho rió.

–Me he traído unos sobres por si acaso. Si quieres…

–No, gracias –dijo ella, removiendo la crema.

El aroma de la sopa llenó el ambiente y Jericho se alegró de que hubiera llevado algunas provisiones para esa noche. Lo que había traído Daisy, tenía un aspecto mucho mejor que aquellos sobres de comida preparada.

–¿Estabas con él cuando murió, verdad?

Hizo la pregunta con sutileza y apenas fue audible por el sonido del río. Pero Jericho la escuchó y se dio cuenta de la expresión de preocupación de su rostro, como si temiera la respuesta.

Estaba pisando terreno peligroso. Daisy seguía ávida de información. Si le daba demasiada, podía atormentarla. Si no le decía nada, seguiría insistiendo hasta que le contara algo. Así que decidió darle una respuesta sencilla.

–Sí, estaba con él.

–No sufrió, ¿verdad?

Si así hubiera sido, no se lo habría dicho. Pero al menos respecto a eso, podía ser completamente sincero con ella.

–No, no sufrió. Me habló de ti. Me pidió que te ayudara si alguna vez lo necesitabas.

–Mi hermano pequeño tratando de protegerme –murmuró y lo miró.

Una lágrima surcó su mejilla, como si fuera una gota de plata deslizándose por una figura de porcelana.

–Eso es lo que hacen los hermanos –dijo Jericho.

No pudo evitar pensar en sus hermanos Jefferson, Justice y Jesse. Desde que volviera a casa, apenas los había visto.

Había buscado la soledad de la montaña y sus hermanos lo habían entendido. Aunque sus cuñadas habían sido menos comprensivas y lo habían sacado unas cuantas veces de la montaña por asuntos familiares.

En aquellas extrañas ocasiones, lo había asaltado una sensación de envidia que lo había avergonzado. Se alegraba por sus hermanos. Todos eran felices haciendo lo que querían y criando a sus hijos. Jericho había decidido de niño no vivir la vida de una manera tradicional. Pero siempre que veía a sus hermanos con sus familias, no podía evitar sentirse como un intruso.

–¿Tienes tres hermanos, verdad?

–Sí –respondió, volviendo de su ensimismamiento.

–¿Estáis muy unidos?

–Solíamos estarlo –respondió él–. Aún lo estamos, pero cada uno tiene su vida y todos estamos ocupados. Jefferson está viviendo en Irlanda ahora, así que no nos vemos muy a menudo.

–Es una pena –dijo ella, sirviendo la crema en dos boles y entregándole uno a él–. La familia es importante. Es lo más importante.

Eso hizo que Jericho reparara en que ahora que había perdido a su hermano, Daisy no tenía más familia. Aunque no veía demasiado a sus hermanos, no se podía imaginar una vida sin ellos.

A la luz del fuego, Daily se veía delicada y encantadora, con el pelo cayéndole por los hombros y los reflejos de las llamas en sus grandes ojos marrones. Se tomó la sopa sumida en sus pensamientos, sin imaginar que con tan sólo mirarla la estaba deseando.

Aquello le trajo a la cabeza las advertencias de Sam antes de que abandonaran el hotel aquella mañana. Quizá su viejo amigo tuviera razón. Quizá no estuviera siendo justo con ella.

Pero aquélla era su montaña.

¿Quién decía que tenía que ser justo?

Bajo las primeras luces de la mañana, Jericho observó a Daisy arreglándoselas para cruzar un puente de cuerdas. En muchos aspectos, era sorprendente. No sólo tenía agallas, sino que parecía incapaz de darse por vencida. No le daba miedo nada si eso suponía conseguir su objetivo.

Además, su incesante buen humor estaba empezando a contagiársele. Era difícil mantener una actitud seria cuando cada vez que se giraba tenía una enorme sonrisa frente a él. Sí, no era como creía en absoluto. Y aunque en un primer momento había pensando que no encajaba en un sitio como aquél, tenía que reconocer que había hecho mucho más de lo que había imaginado.

Con el ceño fruncido, la vio dando pequeños pasos mientras se sujetaba a las cuerdas del puente. Antes de poner en funcionamiento el hotel, había hecho instalar algunos obstáculos y aquél era uno de sus favoritos.

Una única y gruesa cuerda era la base del puente, dándole forma de V. Se expendía entre dos enormes pinos y tenía una altura de unos tres metros sobre el suelo, con lo cual cualquiera que se cayese no se mataría. Aunque los cardenales serían un doloroso recuerdo de la caída. Había visto muchos hombres caerse de aquel puente, maldiciendo entre su torpeza e inaptitud, pero Daisy lo estaba logrando. Estaba tardando el doble en recorrer la distancia, pero eso no era motivo de fracaso.

Jericho estaba abajo, observando cada paso que daba y deseando que lo consiguiera.

–¿Por qué se balancea tanto? –preguntó Daisy, sin arriesgarse a mirarlo por no quitar la mirada de su meta, tal y como Jericho el había dicho que hiciera.

–Porque es de cuerdas –le recordó.

–No entiendo por qué esto es una prueba de supervivencia –murmuró, sujetándose con fuerza a las cuerdas guías.

–Si tuvieras que llegar al otro lado del río rápido, lo entenderías.

–Sería más rápido nadando –señaló y sonrió.

–Lo estás haciendo bien. Pon atención donde pones los pies. Uno antes que el otro.

–Lo sé –dijo ella y tragó saliva–. Fue una buena idea que me hicieras cambiar de calzado antes de salir del hotel. Hubiera sido imposible hacer esto con las botas.

Sonrió para sí y mantuvo el ritmo de ella. Al otro extremo de la correa, el perro ladraba y brincaba, en su intento por alcanzar a Daisy.

–¿Cómo puedes concentrarte con un perro que no para de ladrar?

–Estoy acostumbrada –comentó y uno de sus pies resbaló sobre la cuerda–. Oh, oh. Eso ha estado cerca.

–Cierto –dijo, tratando de ignorar la sensación que había tenido al verla dar el traspié.

Había visto a decenas de personas atravesar el puente y nunca antes había tenido interés alguno en cómo se las arreglaban.

Muchos de ellos habían dando traspiés, pero no le había importado. Sin embargo, ahora le preocupaba que Daisy pudiera caerse.

Sacudiendo la cabeza, Jericho admitió que no lo estaba pasando bien. Se suponía que tenía que desalentarla para que no pasara aquellas pruebas. En vez de eso, la había ayudado en lo que había podido. Quizá fuera por su hermano, se dijo Jericho. Quizá sintiera que le debía algo. Aunque tal vez lo estuviera haciendo porque la deseaba.

Todavía no era capaz de admitirlo con rotundidad, pero fuera lo que fuese que sentía por ella, se había incrementado desde esa mañana. Daisy y él habían dormido la noche anterior tumbados cada uno a un lado del fuego.

Las noches eran frías en aquella altitud y cuando Jericho se había despertado aquella mañana, se había encontrado una mujer menuda, acurrucada a su lado. Aquello explicaba el sueño que había tendido, lleno de imágenes de sexo húmedo y caliente. Al despertarse, había sentido tensión en la entrepierna.

—¿Jericho?

Salió de sus pensamientos y trató de centrarse de nuevo.

—Deja de hablar y concéntrate.

—De acuerdo —dijo ella, fijando la vista en el extremo del puente—. Si yo no puedo hablar, entonces háblame tú a mí.

Jericho sacudió la cabeza.

—Eres increíble.

—Eso no es hablar.

—De acuerdo —dijo tirando de la correa para mantener al perro a raya—. Hablaré. Veamos. Tenemos un puñado de clientes que llegarán el próximo fin de semana.

—¿Quiénes son? —preguntó ella y volvió a dar un traspié.

—Concéntrate.

—Bien, voy bien. Sigue hablando.

—Trabajan en una firma de abogados de Indiana —dijo.

Al recordar a los últimos abogados que habían estado, Jericho no deseaba que fueran. Los abogados eran incapaces de relajarse. Incluso en mitad de la Naturaleza, siempre estaban en tensión. Sin sus agendas electrónicas y sus teléfonos móviles, se comportaban como niños mimados a los que les faltaba su juguete favorito. No les gustaba estar al aire libre y por lo general se quejaban de que sus empresas los hubieran mandado allí.

—No me apetece que vengan. Los abogados se quejan mucho.

—Cierto. Ya casi he cruzado el puente.

Estaba muy cerca del final y empezó a moverse más deprisa para acabar.

—No tan rápido. Camina con cuidado.

—De acuerdo —dijo ella bajando la voz—. Si no te gustan los abogados, ¿por qué los recibes?

—Son clientes que pagan, como los demás.

—¿No has pensado nunca en recibir en el campamento a niños?

—¿Niños?

Ella rió y el sonido de sus carcajadas resonó entre los árboles. Él la miró entrecerrando los ojos.

—Pareces asustado.

—Déjalo y presta atención a lo que estás haciendo.

—Tranquilo, voy bien. De hecho, ya he acabado —dijo levantando la voz al llegar a la plataforma que había al otro extremo del puente y levantando los brazos en señal de victoria—. ¡Lo conseguí!

—Sí, lo lograste. Ahora, deja de celebrarlo que todavía te queda escalar una pared.

—Qué manera de quitarme la alegría.

—¿Quieres que te felicite? Cuando acabes todo, hablaremos. Ahora baja, toma este estúpido perro y escalemos esa pared.

–¿Escalar una pared? –dijo con la misma expresión que un escolar ante un examen sorpresa–. Estupendo, hagámoslo –añadió, alzando la barbilla.

–Estás empezando a caerme bien –dijo él y tuvo la satisfacción de ver sorpresa en su rostro.

–Gracias.

Jericho observó cómo bajaba de la plataforma y caminaba hacia él con brío. El perro comenzó a dar saltos y a tirar de la correa, en un intento de acercarse a su dueña. Daisy lo tomó en brazos y lo acarició, mientras el perro se agitaba loco de alegría.

Jericho pensó que no podía culpar al perro por la reacción. Casi sentía envidia de él.

–¿Jericho?

Su voz sonaba confusa.

–¿Qué?

Ella sonrió.

–Me estaba preguntando dónde estabas. Te estaba hablando y tú estabas en la Luna.

Aquello era humillante.

–Estaba pensando en la pared –mintió.

–Ah, bueno. Vamos y acabemos con ello.

Ése había sido su plan para llevarla hasta allí, hacerla caminar, ver cómo se daba por rendida y salir de la montaña. Ahora, no estaba seguro de cuál era el plan.

–Así que, ¿por qué te has asustado cuando te he preguntado acerca de traer niños aquí?

–No me he asustado –dijo y se convenció de que era la verdad–. Es sólo que me ha sorprendido la sugerencia.

Un hombre que había pasado tantos años en el

ejército como él, no se asustaría ante la idea de tener niños corriendo por su campamento.

Daisy apartó una rama y ladeó la cabeza para pasar.

–No sé por qué. En mi antiguo barrio, había un montón de niños a los que les encantaría pasar aquí una o dos semanas –dijo y se detuvo un momento para mirar a su alrededor.

Jericho siguió su mirada. La luz de la mañana bañaba los extremos de las ramas de los pinos. Un suave viento silbaba entre los árboles y un arrendajo azul los sobrevoló como una colorida bala. El bosque siempre le daba una sensación de paz. La idea de tener docenas de adolescentes recorriendo el bosque que consideraba un santuario era suficiente para hacerlo temblar. Pero era evidente que a Daisy le gustaba la idea.

–Los chicos de la ciudad no conocen esto. No saben lo que es un mundo sin aceras ni carreteras. Nunca han visto las estrellas como se ven aquí y estoy segura de que nunca han oído un silencio tan intenso.

–No estoy preparado para recibir niños aquí –dijo, guiándola entre un montón de piedras–. Éste es un campamento para ejercitar las técnicas de liderazgo. Entrenamos a ejecutivos para que sepan cómo trabajar en grupo, cómo contar y aprender los unos de los otros, cómo superar las adversidades y convertirlas en aspectos positivos.

–Todo lo que les vendría bien para que aprendieran los niños.

–No es mi trabajo –insistió él.

¿Qué demonios pintaban una docena de chicos corriendo por la montaña? La cuota del seguro se dispararía.

–Pretendes mostrarte duro, pero sé que no lo eres, Jericho King.

Él la miró arqueando una ceja.

–No te engañes.

–No lo hago –dijo sonriente–. Verás, hablé con Kevin, tu cocinero, quien es, permíteme que te diga, apenas un muchacho...

–Tiene veinte años.

–A eso me refiero –dijo convencida–. Lo que me contó es que no sólo lo contrataste sin tener referencias, sino que le vas a prestar dinero para que asista a las clases del Instituto Culinario para que pueda convertirse en el chef de sus sueños.

–Eso es diferente.

Le molestaba que Kevin no hubiera mantenido la boca cerrada. Jericho iba a tener que hablar con el muchacho.

–¿Por qué es diferente?

No estaba seguro. Kevin había aparecido por allí un año antes en busca de trabajo. Su vida había sido dura y contra todo pronóstico, había conseguido convertirse en un buen tipo. Había demostrado muy pronto sus habilidades en la cocina y Jericho le había dado un empleo. Ahora, estaba ayudándolo a tener un nuevo comienzo. No era gran cosa.

–La diferencia está en que no fui yo el que lo buscó, sino él el que vino a nosotros. Apareció y no se fue. Además, hace tiempo que dejó de ser un crío. Lleva viviendo solo desde los quince años y...

–Y le diste una oportunidad para ser lo que quería ser –dijo Daisy, apoyando su mano en el antebrazo de Jericho–. Lo que quiero decir es que sería bueno que otros chicos pudieran tener la misma oportunidad.

A regañadientes, Jericho se soltó.

–Quizá deberías dejar de preocuparte de otras personas y concentrarte en pasar las pruebas.

Eso la mantuvo callada durante un rato, pero en el silencio, la mente de Jericho no dejó de dar vueltas a las ideas que le había dicho.

¡Maldición!

Capítulo Seis

Daisy estaba agotada y le dolía cada hueso y músculo de su cuerpo. Pero bajo aquel cansancio estaba la satisfacción del logro. Lo había conseguido. De momento, había pasado aquellas estúpidas pruebas y estaba a punto de conseguir un puesto en el hotel. Ahora no podía echarla de allí y estaba más cerca de tener tiempo para seducirlo, concebir un hijo y crear su propia familia.

En los últimos dos días, había conseguido conocer a Jericho King mejor que si hubiera estado saliendo con él un mes. Aunque se resistía a mantener conversaciones, había logrado sacarle información. Y había tenido la oportunidad de observarlo y de estudiarlo. Transmitía una sensación de seguridad que resultaba muy atractiva y tenía que admitir que su actitud distante la aumentaba.

Había una cercanía entre ellos que en circunstancias normales no se habría producido tan rápido. Habían estado juntos para montar el campamento, para comer, para vivir... Habían dormido juntos y habían hablado más de lo que algunas parejas lo hacían durante una semana. Y habían aprendido cosas el uno del otro. Él se había dado cuenta de que no iba a darse por vencida y marcharse.

Y ella había descubierto que no era como ningún

73

hombre de los que hubiera conocido antes. Parecía muy solitario. Se lo veía tan cómodo con su soledad que Daisy deseaba acercarse en un intento por romper los muros que había levantado a su alrededor.

—Estas plantas son comestibles —estaba diciendo él—. Hay que tirar de ellas y sacar la raíz. No tiene mucho sabor, pero te mantendrán viva.

Ella asintió, como si estuviera tomando nota mental de lo que le había dicho, pero le daba igual. Después de todo, no iba a estar recorriendo los bosques en busca de comida. Una vez terminara la prueba, estaría en el hotel y no volvería a salir al bosque sin la compañía de un guía experimentado.

Así que se quedó observándolo. Se movía con soltura por entre los árboles. Era un hombre complejo. No la había querido tener allí y no lo había ocultado. Pero antes, cuando había podido limitarse a verla escalar aquella estúpida pared, y ver cómo se caía, no lo había hecho. En vez de eso, le había plantado su mano en el trasero para ayudarla a subir y salir victoriosa de la prueba.

Sabía que ella sola no habría podido conseguir aquella escalada. Aunque fuera difícil de admitir, no tenía la fuerza suficiente para conseguirlo.

—Lo mejor que puedes hacer si te pierdes en el bosque es mantener la calma —le dijo Jericho, mirándola por encima del hombro para asegurarse de que le estaba prestando atención.

—Abrazarme a un árbol, de acuerdo.

Él sacudió la cabeza y suspiró.

—Pero no te quedarías en el sitio, ¿verdad?

—Probablemente no —convino alegremente.

—Bien. Al menos deberías asegurarte de que dejas

huellas en tu camino, para que cuando te busquen puedan encontrar tu rastro.

–Buena idea –dijo sonriendo, mientras él le mostraba cómo chascar la punta de las ramas o cómo dejar piedras en forma de flecha.

«Seamos realistas. Si me pierdo, probablemente moriré. Lo mejor será no perderme», se dijo Daisy.

–¿No sería más sencillo si nunca salgo del hotel? –preguntó.

–Sí –dijo enderezándose para mirarla–. Pero tendrás que hacerlo. Está en tu forma de ser. Al menos, avisa a alguien cuando salgas y dile dónde vas.

–De acuerdo –dijo sonriendo de nuevo–. ¿Te has dado cuenta de que acabas de admitir que voy a quedarme?

–Lo estoy considerando. Has pasado la prueba –admitió–. Aun así, esta noche tienes que hacer tú el fuego y preparar algo de cena que no hayas traído, por no mencionar que tienes que volver al hotel con vida.

–Lo haré.

Jericho la ignoró.

–Encontraremos algo para cenar. Luego, te encargarás tú.

–Lo conseguiré, ya lo verás –afirmó Daisy con rotundidad.

Él sacudió al cabeza y suspiró.

–Así que, ¿qué es lo siguiente, jefe? –añadió ella.

–Vamos a casa. Volveremos a acampar junto al río en el camino de vuelta.

–Vamos, Nikki –dijo llamando al perro, que enseguida volvió a su lado.

El perro se detuvo al pasar junto a Jericho para gruñirle y enseguida saltó a los brazos de su dueña.

–¿Por qué me has ayudado? –preguntó Daisy–. Podías haber dejado que fracasara, pero no lo has hecho.

Él se encogió de hombros.

–Lo habrías conseguido.

–No, no lo habría hecho –admitió ella a duras penas–. Estaba abatida y apenas podía sujetarme cuando me diste ese empujón. ¿Por qué?

Él se detuvo y se giró para mirarla con expresión ilegible.

–Admiro tus agallas.

Cuando se dio la vuelta para continuar camino al río, Daisy respiró hondo y se sintió orgullosa. Era un cumplido que venía de un hombre que no estaba acostumbrado a darlos. No se habría podido sentir más orgullosa y satisfecha si le hubiera dado una medalla.

–¿Vas a matar un conejo?

Jericho adivinó el temblor en la voz de Daisy y supo que no comerían guiso de conejo para cenar. Había puesto la trampa aquella mañana, antes de abandonar el campamento, ya que sabía que volverían a acampar allí por la noche. Se había alegrado al encontrar un conejo atrapado, esperando en convertirse en su cena, pero debería de haber adivinado que no iba a ser tan sencillo.

–Iba a ser nuestra cena –dijo mirándola a los ojos.

–Dios mío –dijo observándolo como si fuera un asesino en serie–. No puedo comerme un conejo.

–Sí, ya me doy cuenta.

El conejo atrapado trataba desesperadamente de echar a correr, en un intento de escaparse de la cuerda que lo sujetaba por una de sus patas. Jericho lo miró y suspiró. Luego, se agachó, soltó la cuerda y se levantó mientras el conejo salía corriendo a esconderse entre los arbustos. Se oyó el crujido de las agujas de pino bajo las pisadas del animal y después, el único sonido fue el del río.

–No puedo creer que hayas hecho eso –dijo Daisy mientras Jericho se daba la vuelta para mirarla.

–No ibas a comértelo, así que…

–Gracias.

Jericho asintió.

–De nada. Ahora, voy a ver si pesco alguna trucha para la cena –dijo él, dio un paso y se detuvo para mirarla otra vez–. A menos que también tengas algo contra la pesca.

–No. Me gusta el pescado de todas formas: frito, asado, a la barbacoa, en pastel… me gusta de todas las maneras.

–Me alegro de saberlo –dijo él sacudiendo la cabeza–. Aunque hay una cosa que tienes que tener en mente si quieres quedarte con este trabajo.

–¿Sí?

–No me gusta el pastel de pescado.

–Tomaré nota –dijo ella, esbozando una medio sonrisa.

–Bien –se giró de nuevo e hizo amago de continuar hacia el río, pero Daisy lo llamó y le hizo detenerse–. ¿Qué?

Dio tres largos pasos y se acercó a él. Luego, lo rodeó por la cintura y lo abrazó.

–Gracias. Por lo del conejo.

Estaba tan cerca, tan unida a él, que toda la resistencia que Jericho había logrado reunir contra ella desapareció. Llevaba dos días al límite. Le había sido muy difícil mantener aquella coraza contra una mujer tan optimista. Pero se había asegurado de mantener una distancia segura entre ellos para no caer en el magnetismo de sus grandes ojos marrones y su amplia sonrisa.

Era la clase de mujer por la que cualquier hombre se sentiría atraído, lo quisiera o no. Llevaba horas luchando contra el deseo de besarla. No, aquel deseo había estado presente desde el momento en que la había visto bajarse del coche y atravesar la pradera.

Ahora, con sus sensuales curvas junto a él y sus seductores labios sonriéndole, ¿cómo iba a ser capaz de resistirse a la tentación? Dudaba que cualquier hombre por mucha sangre fría que tuviera, pudiera hacerlo.

Así que hizo lo que su cuerpo quería, desentendiéndose de los dictados de la razón. Tomó su rostro entre las manos y observó cómo sus ojos se abrían como platos, antes de cerrarlos lentamente. Un gemido escapó de sus labios y Jericho la besó.

Su primer contacto fue como una descarga eléctrica e incrementó su deseo. El beso se volvió más intenso y ella se entregó. Enseguida, una sensación de calidez comenzó a expandirse por todo su cuerpo, desde la cabeza a los pies. Continuó sujetándole la cabeza y con su lengua le separó los labios, deslizándola al interior de su boca para saborearla.

Su cuerpo se tensó hasta que pensó que podía explotar por la presión de su deseo. Ella gimió suavemente y él la imitó. Los segundos fueron corriendo, dando paso a minutos que podían haber sido horas y no se habría enterado. De lo único que era consciente era de las sensaciones de su cuerpo.

Aquel pensamiento lo hizo volver a la realidad, sacándolo de aquellas sensaciones. Se separó jadeando, con el corazón desbocado en el pecho. Se había dejado llevar. Había perdido el control de una manera que hacía años que no le ocurría y eso no le gustaba.

Daisy abrió los ojos y lo miró directamente a los suyos. Su boca era suave y sensual y lo único que deseaba era volver a saborearla, tumbarse en el suelo del bosque y hundirse en ella. Y porque ese deseo era tan fuerte, decidió dar un paso atrás y apartarse de ella. ¿Qué demonios estaba haciendo?

Si le quedaba algún resto de cordura, lo más sensato sería salir de aquella montaña. Pero no podía negarle el trabajo sólo porque no se fiara de sí mismo estando a su lado.

Si la contrataba, sería una constante fuente de tentación. Si no lo hacía, sería como hacerla marcharse sólo para quedarse tranquilo. ¿No lo convertiría eso en un cobarde? Le había prometido a Brant Saxon ayudar a su hermana en lo que necesitara.

Se lo debía a aquel muchacho pensó Jericho recordando a aquel joven que tan pronto había muerto. La culpabilidad todavía le pesaba. ¿De veras iba a ignorar una promesa hecha a un compañero en su lecho de muerte? Daisy Saxon estaba allí ahora y necesitaba la ayuda que había prometido proporcionarle.

Si la hacía marcharse no sería porque hubiera fracasado en la prueba de supervivencia o porque no encajara allí, sino porque Jericho King había dado con una mujer que lo inquietaba.

Apartando aquellos pensamientos de la cabeza, Jericho reunió las fuerzas para hablar.

—Esto no acaba de pasar.

—¿No?

Ella parpadeó. Su mirada estaba aturdida.

Él se sentía igual, pero no estaba dispuesto a admitirlo.

–No, no ha pasado. Soy el jefe, tú eres la cocinera y eso es todo –dijo y volvió a dar un paso atrás, antes de darse la vuelta hacia el río–. Empieza a preparar el fuego. Voy a pescar algo para la cena.

Mientras se alejaba, Daisy se llevó la mano a los labios, disfrutando de la sensación.

–No será ningún problema encender el fuego –murmuró para sí–. Ya estoy en llamas.

Dos horas más tarde, cuando terminaron de cenar, el cielo estaba lleno de estrellas. Jericho no había hablado mucho, reflexionó Daisy. Tampoco tenía que hacerlo. Sabía exactamente lo que estaba pensando sin necesidad de que dijera palabra. Ella estaba pensando lo mismo. El beso que se habían dado había provocado una reacción en cadena que aún chisporroteaba en su interior.

Había acudido a él en busca de un hijo. Ahora además, lo deseaba, lo cual complicaba la situación aunque realmente nada cambiaba. Por extraño que fuera, cuanto más distante se mostrara él, más se sentía atraída hacia él.

Cuando empezó a recoger los platos y la sartén que había usado para cocinar para llevárselos al río a lavarlos, Jericho trató de adelantarse.

–Se supone que yo debería ocuparme de eso, ¿recuerdas? –dijo ella–. Es parte de todo este asunto de las pruebas de supervivencia.

Él sonrió, sacudió la cabeza y se llevó las cosas al río. Ella lo siguió un paso por detrás, dispuesta a salirse con la suya. Había preparado una buena cena. Al menos, eso había deducido por el hecho de que Jericho se hubiera comido un par de pescados. Pero parte de estar al aire libre acampando era limpiar los utensilios y no estaba dispuesta a que su trabajo quedara a medio hacer.

–De verdad, deja que yo lo limpie –dijo uniéndose a él junto al río y quitándole los platos y la sartén.

Se puso de rodillas en la arena junto al agua. Él se puso de cuclillas junto a ella y esperó a encontrarse con su mirada para hablar.

–Aceptar ayuda no quiere decir que no puedas hacerlo tú sola.

–Lo sé, pero fuiste tú el que dijo que era mi tarea y quiero hacerlo. Quiero demostrarte que puedo hacer este trabajo.

–Ya lo has demostrado.

Eso la hizo quedarse quieta.

–¿De veras?

Él se encogió de hombros y apartó los ojos unos segundos antes de volver a mirarla y sonreír.

–Eres una buena cocinera de campamento.

–¿Sí? –sonrió Daisy, sintiéndose satisfecha–. Gracias, me he dado cuenta de que has cenado mucho.

Él rió.

–Sí, bueno, nunca había tomado trucha frita con salsa de hierbas en mitad del campo.

–Me traje algunas cosas de la cocina del hotel. Con las especias adecuadas, uno puede hacer de una comida un verdadero banquete.

–Me estoy dando cuenta de eso.

Tardaron apenas unos minutos en lavar los cacharros y regresaron junto a la fogata. Una vez guardaron las provisiones, ella se sentó frente a él. El silencio se fue haciendo cada vez más tenso. Por fin, Daisy habló, ya que era incapaz de permanecer callada mucho tiempo.

Además, había llegado el momento de averiguar exactamente cuál era su posición. Respiró hondo y se preparó para afrontar la verdad. Quería sacar el tema antes de que lo hiciera él y así poder estar preparada para cualquier cosa.

Jericho había admitido que estaba considerando darle el trabajo y, si su decisión iba a estar basada en su destreza al realizar las pruebas, quería defenderse antes de que tomara la decisión final.

—Respecto al puente de cuerdas —comenzó—, sé que no fui rápida, pero lo conseguí.

—Así es, lo conseguiste.

—Y creo que si hubiera tenido más tiempo, probablemente podría haber conseguido escalar esa pared yo sola.

—Lo hiciste mejor que otra gente que he visto.

Aquello era algo humillante, pensó. Aunque no fuera del todo bueno, no estaba mal. Al recordar lo que le había costado la escalada, sintió lástima de aquéllos que lo hubieran hecho peor que ella.

—En general, lo has hecho bien —dijo Jericho y al ver que lo miraba entrecerrando los ojos, se encogió de hombros—. De verdad, no esperaba que lo hicieras tan bien como lo has hecho.

—Qué sorpresa —dijo sonriendo, tratando de animarlo a seguir hablando.

Si quería ser amable con ella, quería oírselo decir.

—Está bien —dijo, su rostro iluminado por las llamas del fuego—. Como ya te he dicho, tienes agallas y eso es importante, quizá más importante que ser capaz de escalar una pared tú sola.

–¿Así que no perdí puntos porque tuvieras que darme un empujón hacia arriba?

–No. Después de todo, no pediste ayuda.

–Cierto. Y no lo hubiera hecho.

–Lo sé.

–Antes dijiste que estabas considerando darme el trabajo –dijo Daisy y respiró hondo antes de hacer la pregunta–. ¿Lo has decidido ya? Porque si todavía no lo tienes claro podemos regresar a esa pared. Puedo volver a intentarlo. Estoy segura de que con el tiempo necesario podré hacerlo.

Él rió.

–¿No sabes lo que significa darse por vencido, verdad?

–No cuando quiero algo de veras –admitió.

–Sí, ya me he dado cuenta. No tenemos que volver a esa pared.

–Entonces, ya has tomado tu decisión.

–Así es –dijo él asintiendo–. Si todavía quieres el trabajo, el empleo es tuyo.

–¿De verdad?

Una gran emoción explotó en su interior. Era curioso que hasta entonces no se hubiera dado cuenta de lo nerviosa que estaba por todo aquello. Si no le hubiera dado el empleo, no habría sabido qué hacer. No tenía plan alternativo ni sabía la manera de convencerlo para que la dejara quedarse. Ahora, por suerte, no lo necesitaba. Ahora, se quedaría allí con él en la montaña cada día.

Y cada noche.

Pronto, tendría el bebé y la familia que tan desesperadamente deseaba. Lo único que tenía que hacer era decir que sí.

—Claro que quiero el trabajo.

—Muy bien, entonces está todo arreglado.

Pero no se le veía muy feliz.

—¿Puedo preguntarte algo?

—¿Por qué no?

—¿Por qué estás siendo amable conmigo? –preguntó Daisy–. Ambos sabemos que sin tu ayuda no habría podido superar esas pruebas. Así que, ¿por qué lo hiciste?

Quizá no debería forzar su suerte. Quizá debería limitarse a aceptar el trabajo, pero quería saber por qué se había decidido a su favor.

Jericho se pasó una mano por la cara y resopló. Luego, fijó la mirada en las llamas para evitar mirarla directamente.

—Como ya te dije, vine pensando que no lograrías.

—¿Y?

—Y lo conseguiste –dijo mirándola a los ojos–. No te diste por vencida. Continuaste intentándolo a pesar de todo.

Daisy sonrió.

—¿Así que contigo se gana puntos siendo testarudo, eh?

Él curvó la comisura de sus labios.

—Algo así.

—Qué suerte tengo.

—Ya veremos.

—¿El qué?

—Cómo trabajas aquí. Sí, estás contratada, pero eso no quiere decir que vayas a querer quedarte.

—No, no me daré por vencida.

No hasta que consiguiera aquello por lo que había

84

ido hasta allí. No hasta que estuviera embarazada. Su mirada se detuvo en su boca, en sus suaves y firmes labios y sintió que se estremecía. Era como si todo su cuerpo hubiera estado dormido y de repente se despertara. Entonces, él empezó a hablar y todos aquellos pensamientos se hicieron a un lado.

–Como ya te he dicho, me gusta tu actitud. Pero tienes que saber una cosa. Tu tenacidad puede que no sea suficiente para que te quedes cuando empiece a nevar y la carretera quede cortada durante días –dijo apoyando un codo en la rodilla de la pierna que había doblado–. No es fácil la vida aquí. Eres una mujer que no está acostumbrada al silencio y…

–Me gusta el silencio –lo interrumpió.

Él rompió a reír.

–Pero si no puedes estar callada más de diez minutos.

Daisy frunció el ceño, pero no pudo discutir.

–Lo que quiero decir es que si después de todo esto no es lo que habías imaginado, no tienes por qué avergonzarte si quieres marcharte.

Daisy ladeó la cabeza y lo miró.

–¿Crees que eso es lo que va a pasar, verdad?

–No es eso lo que he dicho.

–No hacía falta que lo hicieras –dijo ella–. Aun así, creo que la única manera de convencerte de que soy buena para este trabajo es demostrártelo. Otra vez.

Él asintió.

–Vas a tener la oportunidad de hacerlo.

–Eso es todo lo que quería.

Daisy sabía que seguía sin creer que pudiera encajar allí, pero se lo demostraría. Lo convencería. Y entonces, pensó recordando el beso, lo seduciría.

Tenía que admitir que estaba deseando con más impaciencia que cuando llegó poner en práctica aquella parte de su plan relativa a la seducción. Había algo en Jericho King. Había sentido la química que había entre ellos y estaba deseando volver a experimentarla. Y cuando ocurriera, no podría volver a decirle que nada había pasado. Estaba sonriendo para sí misma, cuando se sobresaltó al escuchar un aullido.

–¿Qué ha sido eso?

–Un coyote.

–Dios mío –dijo y trató de mantenerse tranquila–. Anoche no lo oí.

–Quizá estuvieran más lejos. Se mueven mucho, pero siempre regresan a su casa.

–Que es ésta, ¿no? –preguntó Daisy mirando la oscuridad de su alrededor.

–Ellos estaban aquí primero –dijo él encogiéndose de hombros.

–Bueno, eso me hace sentir mucho mejor –comentó ella con ironía.

Trató de animarse pensando que se acostumbraría a aquel sonido. Después de todo, no iba a vivir al aire libre con los animales salvajes. Nikki y ella tendrían su propia habitación en la casa principal y tendrían cuidado en no alejarse demasiado.

¡Nikki!

Daisy miró a su alrededor buscando al perro y sintió que el corazón se le encogía al no verlo. Ahora que se paraba a pensarlo, no había visto a Nikki desde la hora de la cena. Como si fuera a posta, otro aullido resonó en la noche, probablemente de un coyote hambriento.

Capítulo Siete

–¡Jericho! –gritó–. Nikki no está. ¡Nikki! ¡Vuelve aquí con mamá!

De un salto, se puso de pie al escuchar de nuevo otro aullido. Sintió un escalofrío en la espalda. Aquél había sonado más cerca que el anterior, pensó nerviosa. ¿Cuántos animales de ésos había por allí?

–Maldito perro –murmuró Jericho, poniéndose de pie al ver que Daisy comenzaba a dar vueltas en círculo.

Trataba de distinguir algo entre los árboles o de escuchar el más mínimo sonido, pero nada. Era como si el bosque se hubiera tragado a su perro.

–¿Dónde está? –dijo Daisy lanzando una mirada de pánico a Jericho–. Se ha debido de ir cuando no estaba mirando. Dios mío, ¿cómo he podido tener tan poco cuidado? ¡Nikki!

Antes de que Jericho pudiera decir nada, Daisy desapareció entre los árboles, llevada por una sensación de angustia. Si había coyotes por allí cerca, no había nada que hacer por Nikki. No sería más que un aperitivo para un animal salvaje tres veces más grande que el perro.

Con el corazón en la boca, Daisy se abrió paso entre las ramas bajas de los pinos.

–¡Nikki, ven aquí!

–Daisy, maldita sea.

Su grito la siguió entre los árboles, pero no consiguió detenerla.

Su mirada recorría la oscuridad, comprobando cada sombra. Volvió a llamar al perro y se quedó esperando algún ladrido en respuesta, pero no obtuvo nada. Cuanto más se alejaba del río, más asustada estaba. Nikki no habría llegado tan lejos. Pero también podía haberse alejado en otra dirección. ¿Cómo iba a encontrarla? Deberían volver al hotel y preparar un grupo de búsqueda. Pero no podía marcharse sin Nikki, así que Jericho iba a tener que ir en busca de ayuda él solo.

Esperaría allí y seguiría buscando. Tenía que encontrar al pequeño perro que era el último vínculo con su hermano difunto. Imágenes de Nikki herido llenaron su cabeza y se le hizo imposible respirar. Su imaginación se estaba disparando, así que volvió a llamar a gritos al perro cuando una mano la tomó por el brazo y la hizo darse la vuelta.

–Para ya –le dijo sujetándola–. No vas a encontrar a ese maldito perro comportándote como una desquiciada. Ni siquiera sabes dónde estás. ¿Cómo vas a encontrarla si tú también estás perdida?

–La encontraré. Seguiré buscándola hasta que la encuentre. No puedo perder a Nikki –dijo entre susurros–. Es todo lo que tengo. Es mi familia. Es…

Jericho la sacudió para conseguir su atención y luego la soltó y dio un paso atrás.

–Como salgas corriendo así en la oscuridad, vas a acabar en el fondo de un barranco. No conoces el bosque.

–No, pero tú sí –dijo Daisy, tomándolo por la camisa con las dos manos–. Encuéntrala, Jericho. Por favor, encuéntrala.

–Voy a hacerlo –dijo claramente disgustado–. Pero vas a volver al campamento. Vete ahora y espera junto al fuego o tendré que buscaros a ti y a tu estúpido perro –añadió y señalando hacia el campamento, le dio un suave empujón.

Quería discutir, decirle que no podía esperar a que saliera en su rescate. Pero se dio cuenta de que Jericho tenía razón. Tan sólo sería un estorbo. Él conocía bien aquel bosque. Era su territorio y sólo complicaría la búsqueda si insistía en acompañarlo.

Así que por el bien de Nikki, iba a hacerle caso. Se sentaría y esperaría.

–De acuerdo, Jericho. Pero encuéntrala. Debe de estar muy asustada.

Mascullando entre dientes, le hizo una señal con la cabeza para que regresara. Luego, se puso en marcha sin hacer apenas ruido y desapareció entre las sombras del bosque.

Daisy se estremeció y regresó al campamento. Esperaría, pero no sentada. ¿Cómo hacerlo? Estaba sola junto a una fogata y Jericho estaba recorriendo la oscuridad, en silencio. Si algo le pasaba a Nikki…

Daisy continuó moviéndose de un lado a otro, describiendo círculos alrededor del fuego. Su cabeza no podía dejar de dar vueltas y su corazón latía con fuerza. Los coyotes volvieron a aullar y se preguntó si tendrían hambre. Quizá ya hubieran encontrado aquel pequeño aperitivo. Si Jericho no conseguía encontrarla, quizá fuera porque ya había sido…

–Está bien –dijo Jericho, interrumpiendo los pensamientos de Daisy.

Ella se giró hacia él, que se acercó al fuego con Nikki temblando en una de sus grandes manos.

–¡La has encontrado! –dijo Daisy acercándose a él y tomando al perro en brazos–. ¿Dónde estaba?

Nikki lamió con gratitud el rostro de Daisy, antes de que el perro mirara con adoración a Jericho.

–Encogido de miedo junto a una roca –contestó–. Estaba temblando tanto, que las hojas del arbusto que había a su lado también temblaban. Tremendo perro guardián tienes.

–No te rías de ella, aunque la salvaste. Pobrecita, sola en el bosque –dijo y lo miró a los ojos–. Gracias por encontrarla. Estaba tan asustada.

–Está bien, no ha pasado nada.

–No sé qué habría hecho si le hubiera ocurrido algo.

–No ha pasado nada.

–Gracias a ti. Mi héroe.

Él se quedó mirándola y frunció el ceño.

–No soy el héroe de nadie.

Pero lo era, pensó Daisy mientras lo observaba acercarse al río. Jericho King podía negarse a ser un héroe, pero eso no cambiaba los hechos. Era un hombre con el que se podía contar y al que admirar.

El hombre perfecto para convertirse en el padre de su hijo.

Se despertó con Daisy y el perro acurrucados a su lado, y esta vez le resultó más difícil ignorar la calidez de su cuerpo. Ahora conocía su sabor y sabía lo que se sentía al abrazarla. Estaba atrapado en aquellos recuerdos. Lo cual hacía que estuviera más decidido a ignorar sus sentimientos, a pesar de la tentación que sentía.

Oficialmente, ahora era su empleada y no se aprovecharía de la situación. Un hombre tenía que mantener unas reglas en su comportamiento o no era nadie. Además, no estaba dispuesto a que una mujer entrara en su vida y Daisy no era el tipo de mujer para una aventura de una noche. Tenía la palabra compromiso estampada en la cara. No había más que mirarla a los ojos para ver su sueño de un hogar lleno de niños.

Jericho se apartó de ella a regañadientes. No iba a caer en la trampa. No podía darse el gusto y hacerle daño. Así que mantendría las distancias y confiaría en que se le pasara aquel capricho que tenía de vivir en las montañas.

–¡Daisy!

Su voz sonó más fría que de costumbre, pero era lo mejor. No quería que se encariñara con él porque nada bueno saldría de ello.

–¿Qué? –dijo dándose la vuelta y parpadeando para ajustar la visión–. ¿Qué ocurre? Todavía está oscuro.

–Está a punto de amanecer –la corrigió, mirando al cielo–. Es hora de ponernos en marcha.

–Muy bien –dijo ella y se incorporó–. Prepararé el desayuno y entonces nos…

–Nos vamos ya. Tengo frutos secos en mi mochila. Podrás comer eso por el camino.

–¿A qué viene tanta prisa?

Jericho la miró. Tenía los ojos hinchados y el pelo revuelto cayéndole en la cara. Su boca le resultaba tentadora. El motivo de la prisa era ella, reflexionó.

Estar a solas con ella se estaba convirtiendo en una tortura que no podía seguir soportando. Tenía que volver al hotel, dejar que se instalara y, de ahora en adelante, asegurarse de no quedarse a solas con ella.

Su cuerpo no estaba de acuerdo, pero iba a tener que encontrar la manera de soportar aquella decepción.

–Las pruebas han acabado –dijo él y se arrodilló para guardar sus cosas en la mochila–. Es hora de volver al trabajo.

–De acuerdo –dijo ella, se sentó a su lado y se apoyó en el muslo de Jericho–. Sólo quería…

Él se quedó quieto, la miró y asintió.

–Muy bien. Recoge las cosas y date prisa.

Mientras Daisy se ocultaba en el bosque en busca de intimidad, Jericho miró al perro que se había acercado a él.

–Tú y tu dueña habéis resultado un verdadero quebradero de cabeza –dijo y al ver que el perro meneaba el rabo de alegría, frunció el ceño–. Ninguno de los dos vais a hacerme cambiar de opinión.

–¿Alguien quiere repetir? –preguntó Daisy levantando una sartén de hierro.

La luz del fuego iluminó su rostro, resaltando su sonrisa y haciendo que estuviera más guapa que nunca.

–Yo me apunto –dijo Max Stuben, presidente de una compañía de muebles, levantando el plato–. Daisy, viendo de lo que eres capaz de hacer en una fogata de campamento, no sé si debería despedir a mi cocinero cuando vuelva a casa.

Ella rió, encantada.

–Es un poco exagerado, Max, pero te agradezco el cumplido. A Jericho y a mí nos gusta que nuestros clientes estén contentos, ¿verdad?

Al mirarlo, Jericho no pudo evitar sonreír. Aquella mujer era encantadora con todos los clientes.

Harry Morrison, presidente de un banco, intervino.

–Estoy impresionado de cómo te las has arreglado durante el recorrido, Daisy. Si mi mujer estuviera aquí, estaría quejándose por todo. A ti parece encantarte.

Jericho la miró para ver su reacción. Sabía que no disfrutaba la montaña, pero daba la impresión de estar haciéndolo.

–Bueno, en King Adventure, nos esforzamos para que cada uno de nuestros empleados sean capaces de hacer todo lo que les pedimos a nuestros clientes, ¿no es cierto, Jericho? –dijo mirándolo con una amplia sonrisa en su rostro.

–Es cierto –dijo él, recordando las pruebas que había pasado y lo decidida que había estado para conseguirlo.

–Quizá tu mujer no protestara tanto si encontrara apoyo –dijo Daisy a Harry, al que no pareció agradar el comentario.

Estaba dispuesta a defender a cualquier mujer, aunque no la conociera.

–Cuando termines con eso, limpiaremos los utensilios y extenderemos los sacos –dijo Jericho–. Mañana por la mañana empezaremos temprano.

–Tirano –murmuró Max.

–No tienes ni idea –dijo Daisy riendo.

Luego, recogió unas cuantas cosas y se las llevó junto al agua.

Jericho la siguió y se puso a su lado.

–Creo que va bien, ¿no te parece?

–Así es. ¿Qué tal te va?

–Muy bien –dijo y al ver que la observaba, se encogió de hombros y añadió–. De acuerdo, lo admito, no me gusta hacer este camino tanto como a ti, pero puedo hacerlo.

–Ya sabes que no tienes que hacerlo. Puedes quedarte trabajando en el hotel sin necesidad de hacer estas excursiones.

Daisy frotó uno de los paltos y cuando quedó limpio, lo dejó sobre un trapo y tomó el siguiente.

–Quiero demostrarte que puedo hacer esto.

–No te queda nada por probar, Daisy.

–Quizá, pero para mí es importante ocuparme de mis tareas.

–Como sigas tratando tan bien a estos hombres, van a querer contratarte.

Ella sonrió.

–Max me ha ofrecido ayuda para abrir mi propio restaurante. Pero creo que lo decía en broma.

Frunciendo el ceño, Jericho se giró para mirar a los dos hombres sentados junto al fuego.

–No estoy tan seguro.

Daisy se puso de pie y apoyó una mano en su antebrazo.

–No te preocupes, Jericho. Estoy donde quiero estar.

Recogió los platos limpios y volvió al campamento, dejando a Jericho pensativo. El problema era que Daisy estaba exactamente donde él quería que estuviera.

Sólo habían transcurrido dos semanas y Jericho era un hombre poseído. Pasaba los días haciendo cualquier cosa con tal de evitar a Daisy. Pero parecía que a pesar de todo, ella encontraba la manera de estar cerca de él. Su olor llenaba toda la casa principal. Cada inhalación le hacía pensar en ella.

Cada vez que oía sus risas, se ponía en alerta aunque estuviera en otra habitación. Sus comidas eran deliciosas y los clientes estaban encantados con ella.

Ni siquiera podía escapar de ella por las noches. Incluso en sus sueños se le aparecía. Además, no podía dejar de pensar que su habitación estaba a tan sólo tres puertas de la suya.

Su perro tampoco ayudaba en la situación. Desde aquella noche en que lo encontrara perdido, el animal lo había adoptado. No podía dar un paso sin antes mirar dónde ponía la bota, por miedo a pisarlo. Los muchachos no dejaban de hacer bromas sobre su nuevo amigo. Muchas veces había pensado en buscarse un perro para él, pero sus planes no incluían uno tan pequeño.

–¿Hay alguna razón para que tengas ese aspecto de querer morder a alguien?

Jericho estaba concentrado en aquellos pensamientos y tenía el ceño fruncido. Se dio la vuelta y miró a su viejo amigo.

–Tú tienes la culpa de todo esto.

–¿Qué he hecho? –protestó Sam, poniendo una mueca.

–Tú hiciste que Daisy viniera hasta aquí. Fuiste tú el que le ofreciste ese maldito trabajo. Éste no es su sitio, ni nunca lo será y pretender lo contrario sólo complica las cosas.

La expresión de Sam se dulcificó y sonrió.

–¿Sientes algo por ella, verdad?

–No, claro que no –mintió–. Es sólo una distracción.

No podía admitir ante Sam lo que no podía admitir para sí mismo.

–Sí, lo es –convino Sam y abrió la pequeña puerta de un establo para dar de comer al caballo.

Cuando terminó, dio un paso atrás, cerró de nuevo el establo y fue hasta el siguiente.

–Una mujer bonita es una distracción. Y si sabe cocinar, más –dijo y soltó un silbido mientras sacudía la cabeza–. Bueno, esa mujer es un tesoro para cualquier hombre que no sea lo suficientemente estúpido como para no darse cuenta de lo que tiene delante de él.

Jericho se quedó mirando fijamente la espalda de su amigo.

–Ahora soy un estúpido, ¿no?

–No he dicho eso, pero no discutiré. Al fin y al cabo, el jefe eres tú.

–Muchas gracias –murmuró Jericho y lanzó una mirada a la casa principal.

–Las puertas de los establos estaban abiertas y la luz del sol iluminaba el suelo de piedra. Dentro de la casa, Daisy estaría trabajando en la cocina, preparando la comida para los empleados. Probablemente estaría cantando y se estremeció ante la idea.

–Eres tú el que se pone las cosas difíciles –dijo Sam, mientras seguía su ronda entre los caballos–. Nadie más tiene un problema con ella. Está haciendo un buen trabajo y además es una persona muy agradable.

–Agradable.

Sam lo miró.

–Sí, agradable. Intenta verlo así.

Aquél era el problema, pensó Jericho metiéndose las manos en los bolsillos de su vaquero. Quería ser algo más que simpático para ella. Quería tenerla bajo su cuerpo, quería deslizar las manos sobre aquellas curvas, mirarla a los ojos y ver su propio reflejo. Y quería todo aquello ya.

–No sabes de lo que estás hablando –murmuró y salió de los establos.

Lo que necesitaba era darse un paseo por la montaña, pasar un par de noches a solas y aclararse la mente. Tenía que volver a recuperar el control y alejarse de Daisy Saxon antes de que lo volviera completamente loco.

Daisy estaba preocupada.

Jericho llevaba dos noches fuera y, al llegar la tercera, no había señales de que fuera a regresar. Se había ido a la montaña sin avisar a nadie. Sam no sabía adónde había ido, o simplemente no quería decirlo, y los demás muchachos no tenían ninguna idea.

Tampoco parecían preocupados. Sólo decían que Jericho lo hacía de vez en cuando y que no debería preocuparse.

Pero, ¿cómo no hacerlo?

Se había acostumbrado a verlo todos los días y a oír sus movimientos por la casa. Sin él allí, echaba de menos algo vital. Incluso Nikki recorría con tristeza la casa, como si hubiera perdido a su mejor amigo.

La casa se cerraba durante las noches. En aquel momento no había clientes y los demás empleados vivían en un ala separada, al otro lado del complejo. Nikki y ella estaban solas y, aunque no tenía miedo, estaba intranquila. Se rodeó con los brazos por la cintura y se estremeció bajo su camisón de algodón mientras miraba por la ventana de su habitación hacia la oscuridad de fuera.

–¿Dónde estás? –murmuró.

¿Cuánto tiempo iba a pasar ahí fuera solo? ¿Por qué se había ido? Había creído que habían congeniado en los dos días que habían pasado juntos en el bosque. Recordaba con toda nitidez el beso que se habían dado y que todavía la hacía despertarse en mitad de la noche con la respiración entrecortada.

¿Cómo había podido marcharse? ¿No le importaba preocupar a los demás?

Quería que Jericho volviera a casa. Era curioso cómo, hasta aquel momento, no se había dado cuenta de que había empezado a considerar aquel sitio como su hogar. Era extraño lo rápido que se había acostumbrado a estar allí, a aquella forma de vida. Era una vida completamente diferente a la de la ciudad. Las cosas en la montaña discurrían con lentitud. Allí, todo el mundo trabajaba para que la vida siguiera su curso. Los empleados del campamento eran una familia y eran una compañía tan agradable que había empezado a confiar en ellos.

Pero cuando faltaba el cabeza de familia…

–Maldita sea, ¿dónde estás?

Mordiéndose el labio, ignoró el frío que empezaba a hacer en la habitación y se preguntó qué pasaría cuando nevara. ¿Seguiría allí? ¿Seguiría Jericho ignorándola o ya estaría embarazada y lejos de allí?

La idea hizo que sintiera un pellizco de pesar en la boca del estómago. No había planeado quedarse allí para siempre. Pero ahora que llevaba un tiempo allí y que había pasado a formar parte de aquello, la idea de irse le provocaba una sensación de vacío.

Pero tendría a su hijo, se recordó. No podía seguir sola.

Volvería a tener una familia.

—Eso si es que alguna vez vuelve —dijo en voz alta.

De repente, Nikki saltó de la cama y se agitó nerviosa. Daisy se giró para mirarla y luego volvió a mirar por la ventana. Allí estaba Jericho, bajo la luz de la luna, saliendo de entre los árboles. Atravesó el patio y se quedó parado delante de la casa.

Nikki corrió hacia la puerta del dormitorio, haciendo sonar sus diminutas patas.

Pero Daisy no estaba prestando atención a su perro. Tenía la mirada fija en el hombre que había en el patio. La luz de la luna alargaba su sombra sobre la hierba. En aquella tranquilidad, él echó hacia atrás la cabeza, miró hacia su ventana y se encontró con los ojos de ella. Sintió que su cuerpo ardía en llamas y se sorprendió ante aquella reacción provocada por un hombre en la distancia. Levantó una mano y la apoyó en el frío del cristal, como si así pudiera tocarlo si se concentraba. Fue como si sus pensamientos se transmitieran a él porque en aquel instante su expresión se volvió severa, antes de dirigirse hacia la casa con pasos decididos.

Daisy se dio la vuelta, tomó su bata de los pies de la cama y se la puso mientras atravesaba a toda prisa la habitación. Dejó la puerta abierta y Nikki se vio libre para salir al pasillo y bajar la escalera hasta la puerta principal. El perro llegó justo cuando Jericho estaba abriendo la puerta y apoyó sus patas delanteras en él para darle la bienvenida.

Daisy se quedó arriba de la escalera, conteniendo la respiración y observando cómo se agachaba y aceptaba el saludo de Nikki.

–Me ha echado de menos –dijo él con voz grave.

–No ha sido la única –replicó Daisy.

Al instante olvidó sus preocupaciones ahora que su mirada estaba fija en él y sus fantasías hicieron que su corazón comenzara a latir desbocado.

La expresión de Jericho se tornó seria. Dejó al perro en el suelo y cerró al puerta.

–¿Por qué te fuiste?

–Para alejarme de ti.

Su mirada era intensa y oscura.

–¿Y cómo te ha ido?

–No muy bien –respondió él, esbozando una medio sonrisa.

–Me alegro.

–No deberías hacerlo –dijo y dejó la mochila junto a la puerta.

Luego, se quitó la chaqueta, la dejó distraídamente en el perchero y no hizo caso cuando se cayó al suelo.

Daisy respiró hondo, sintiendo un nudo en su interior. No esperaba aquello. No imaginaba que sería él el que acudiría a ella. Había pensado que sería ella la que tendría que seducirlo para llevarlo a la cama. Pero al mirarlo a los ojos, no tenía ninguna duda de que Jericho King era un hombre con una misión.

Y para su suerte, ella era su misión. Lo sentía. El ambiente que los rodeaba estaba tenso, con una energía sexual tan intensa que sería capaz de dar luz a una docena de casas en mitad del frío y oscuro invierno.

Apoyó una mano en la barandilla y se sujetó a ella mientras lo observaba subir lentamente la escalera.

–Sabía que ibas a causar problemas. En cuanto te vi, lo supe.

–¿De veras?

–¿No recuerdas que traté de deshacerme de ti? Traté de convencerte para que no te quedaras.

–Recuerdo.

–Pero al ver que no me hacías caso, decidí ignorarte –admitió, tomándose su tiempo para subir cada escalón–. Así que me fui a la montaña para poder pensar y aclarar mi cabeza. Pero no pude sacarte de mis pensamientos.

Daisy sintió calor en su vientre y una tensión comenzó a extenderse por su cuerpo.

–He pensado en ti incluso sabiendo que no debatía hacerlo –añadió él, acercándose.

–Yo también he pensado en ti –dijo ella y sus latidos se hicieron descontrolados–. Has estado fuera tanto tiempo que estaba preocupada por ti.

–Deberías preocuparte por ti.

–No me das miedo –dijo levantando la barbilla y apartando el pelo de su cara.

El fuego de sus ojos lanzaba chispas al mirarla. Daisy respiró hondo y contuvo la respiración. Era un hombre fuerte y poderoso, y parecía un poco peligroso. Todo su cuerpo se estremeció impaciente.

Al llegar un escalón antes que ella, sus ojos se encontraron a la misma altura.

–Deberías estar asustada de mí, Daisy.

Ella se quedó mirándolo durante largos segundos y vio más allá del deseo que transmitían sus ojos. Luego, tomó su rostro entre las manos y sacudió la cabeza.

–No eres ningún peligro para mí, Jericho King.

–No –dijo cubriendo con su mano una de las de ella–, pero no puedo decir lo mismo del riesgo que corre tu virtud.

Daisy rió. Jericho la rodeó con sus brazos y la estrechó contra su pecho. Ella dejó caer la cabeza hacia atrás y en silencio, asintió lentamente, diciéndole que lo deseaba tanto como él a ella.

–Mi virtud no es problema. Te deseo.

–Gracias a Dios –murmuró él y se la echó al hombro.

Ella ahogó una exclamación de sorpresa, pero Jericho no le hizo caso. Se había esforzado en llegar al hotel mientras la luna estuviera en lo más alto. Quería tenerla. Finalmente había aceptado que no iba a estar tranquilo hasta que su cuerpo quedara satisfecho con el de ella. Y ésa iba a ser la noche. Deslizó una mano bajo el camisón y acarició su trasero, mientras recorría el pasillo en dirección a su habitación.

–No más esperas –le dijo–. Nada de seguir soñando e imaginando esto. Esta noche, te voy a hacer gritar mi nombre hasta que te quedes sin voz.

Ella se estremeció y un gemido escapó de su garganta. Jericho sintió que su cuerpo se tensaba al imaginar la escena y se apresuró a llegar a su habitación. El perro se cruzó en su camino, pero no le prestó atención. Al llegar a su habitación, la atravesó y dejó a Daisy sobre la cama. Ella se acomodó y se quedó mirándolo con sus enormes ojos marrones.

–Incluso me detuve en el río para bañarme –dijo Jericho quitándose la ropa–, para no perder el tiempo duchándome cuando llegara a casa.

Ella sonrió y se incorporó apoyándose sobre uno de sus codos.

–Tenía que estar fría.

Él sacudió la cabeza.

–Ni me enteré.

Después se tumbó junto a ella y le quitó el camisón por la cabeza, dejando al descubierto sus generosos pechos. Se inclinó sobre ella y se llevó a la boca uno de los pezones, lamiéndolo y saboreándolo mientras ella le acariciaba el pelo.

Sus manos siguieron recorriéndola y se deslizaron bajo el encaje de sus bragas. De un rápido movimiento, se las arrancó. Luego, cubrió con su mano aquella zona húmeda y ella se arqueó hacia él, sin poder parar de gemir.

–Jericho…

–La primera vez va a ser intensa, cariño –murmuró junto a uno de sus pechos–. Pero llevo mucho tiempo deseándote.

–Sí –dijo ella encontrándose con su mirada–. Estoy deseando que me poseas. Te necesito.

No necesitaba escuchar nada más. Jericho cambió de posición, se arrodilló entre sus piernas y separó sus muslos. Acarició su zona más sensible con la punta de los dedos hasta que la hizo retorcerse de placer.

–Jericho, ahora…

–Casi –dijo él observando cómo se agitaba.

Sus ojos brillaban llenos de pasión. Entonces, apretó su cuerpo contra el de ella.

Ella gimió, levantando las caderas para ajustarse a las de él. Él aprovechó aquel movimiento y se hundió en ella. Jericho gruñó de placer, consciente de que finalmente estaba donde quería estar.

Aquello era todo lo que había deseado. Era lo que quería por encima de todo. Daisy. Con su cálida bienvenida, con sus impetuosos gemidos y con la fogosidad de la exuberancia de su cuerpo.

Se apoyó sobre ella, puso las manos a cada lado de

su cabeza y sus ojos se clavaron el uno en el otro mientras la penetraba. Una y otra vez, sus caderas se movían al ritmo de las de ella.

Daisy lo abrazó por el cuello, lo rodeó con las piernas por la cintura y lo atrajo hacia sí. Con cada embestida, se hundía más y más en ella. Sus respiraciones, sus bocas y sus lenguas se fundieron.

Y cuando apartó su boca de la de él para gritar su nombre, Jericho gritó victorioso y dejó que su cuerpo estallara de placer, estremeciéndose.

Capítulo Ocho

Llevaban horas.

Era insaciable, pensó Daisy sonriendo para sí. Y muy creativo. Sentía su cuerpo repleto y lleno de energía. Había algo en el sexo que la hacía sentirse lo suficientemente fuerte como para mover montañas.

Pero sabía que había algo más. Sabía que en aquella larga e increíble noche había habido más. Aquello no había sido sólo un encuentro de pasiones. Era algo más.

Y eso la preocupaba.

No había planeado enamorarse de Jericho.

Pero al parecer, era demasiado tarde para evitarlo.

Tenía su cuerpo sobre el suyo y estaba acariciándole la espalda, disfrutando de la cálida sensación de su piel junto a la suya. Sentía su aliento en la garganta y sus corazones latían al unísono.

Había ido a King Mountain por la relación que había tenido él con su hermano. Sentía que Jericho y el ejército le debían algo. Le habían arrancado a su hermano, su única familia, y había ido para cobrarse la deuda. Pero ahora, todo se había complicado. Había empezado a sentir algo por él y durante aquella larga noche de sexo, había dado un paso hacia el amor.

¿Qué suponía eso?

–Estás pensativa –murmuró él–. Puedo sentir el engranaje de tu cabeza.

Ella sonrió y le acarició el pelo.

–Bueno, quizá se te ocurra algo para que mi cabeza deje de hacerlo.

Él alzó la cabeza y le sonrió.

–¿Me estás retando?

–¿Necesitas que lo haga?

–No.

La besó y luego fue bajando por su cuerpo, deteniéndose a saborear sus pezones, y continuó deslizando la lengua por su vientre.

Daisy se estremeció y hundió la cabeza en la almohada, mientras él se arrodillaba entre sus piernas y le levantaba las caderas de la cama. Se aferró con fuerza a las sábanas al sentir que su boca se hundía en ella.

Lo observó al tomarla. Su boca la cubrió y su lengua jugueteó con su clítoris. Una y otra vez la acarició en el mismo sitio hasta que no pudo soportar más la sensación.

Su corazón latía frenético, entregada a la voluntad de Jericho. Sus ojos se clavaron en los de ella y fue incapaz de apartar la mirada. Todo su mundo se estaba tambaleando y gritó su nombre una vez más.

Antes de que los últimos temblores dejaran de sacudir su cuerpo, Jericho se sentó en sus talones, la hizo incorporarse y la colocó sobre su potente erección. De un suave movimiento, la penetró. Ella lo rodeó con los brazos, colocó las piernas alrededor de su cintura y dejó que la tomara con sus grandes manos por las caderas. La hizo moverse sobre él, haciendo que ambos estuvieran a punto de estallar en llamas.

Jericho tomó sus labios entre los suyos y, esta vez, cuando gritó su nombre, lo hizo junto a su boca.

Durante los días siguientes, la vida en la montaña pareció entrar en una rutina. Una rutina continuamente cambiante en opinión de Jericho, pero él parecía ser el único molesto por ello.

Daisy estaba dejando huella no sólo en él, sino también en su casa. Los clientes llegaban, eran atendidos y se iban. Las comidas no sólo eran más sanas, sino más sabrosas y variadas. Daisy se había convertido en parte del engranaje que vivía y trabajaba en el hotel. Era como si siempre hubiera estado allí y Jericho se dio cuenta de que los muchachos estaban más alegres de lo habitual.

Se fue al salón y se detuvo bajo el umbral de la puerta. Miró a su alrededor y reparó en todos los cambios que Daisy había introducido. No había nada a salvo de aquella mujer. Daisy había asaltado el desván, en el que generaciones de la familia King habían ido apilando lo que ella ahora había llamado tesoros. Las colchas hechas a mano por la abuela de Jericho y los cojines habían sido esparcidos por Daisy por toda la casa. El salón era ahora una estancia más cálida, llena de alfombras y notas de color por doquier.

–Parece que estuviera haciendo un nido –murmuró y esperó a que una sensación de pánico lo embargara, pero no ocurrió.

¿Por qué?

¿Se estaba acostumbrando a su presencia y no le importaba que estuviera dándole la vuelta a su mundo? ¿Estaría tan embrujado por las noches que estaban compartiendo que no le importaba sentirse comprometido? Si ése era el caso, tenía que detener aquello.

Porque a pesar de lo mucho que disfrutaba con ella, lo cierto es que no pertenecía a aquel lugar. Un duro invierno sería suficiente para que aquella mujer de ciudad saliera corriendo en busca de tiendas y cafeterías.

Reflexionó sobre aquella idea y supo que cuando se fuera no le resultaría fácil para él. La echaría de menos, algo con lo que no contaba. Era mejor irse preparando para cuando ocurriera.

–Hola –dijo Daisy apareciendo detrás de él–. Has vuelto pronto. Pensé que ibas a subir a la montaña para comprobar el estado de las cercas.

–Ya lo he hecho –dijo y se hizo a un lado para dejarla pasar.

Pero Daisy no se movió. Se limitó a acercarse a él. Lo suficiente como para percibir el olor a melocotón de su champú. Enseguida, la temperatura de su cuerpo comenzó a aumentar.

Había pensado que la única manera de olvidarse de Daisy sería metiéndola en su cama. Pero no había sido así. En vez de conseguir sacársela de la cabeza, el sexo había logrado imprimir su huella en su cabeza. Una pizca de su perfume o un roce de sus manos hacían que se pusiera tan ansioso como un adolescente en el asiento trasero del coche.

«Concéntrate. Concéntrate en cualquier cosa menos en ella», se dijo.

Pero no era tan fácil.

–Mañana vendrán tres abogados. ¿Está todo listo?

Daisy esbozó una medio sonrisa. Estaba confusa por aquel repentino comentario.

–Sí, sus habitaciones están listas y ya he recibido sus preferencias gastronómicas. Le he pedido a Tim que vaya a comprar algunas cosas al pueblo, pero...

Jericho la hizo detenerse, alzando una mano.

–¿Tim? Le pedí que comprobara el estado de la pared de escalada. Quería que comprobara que estaba segura después de las últimas lluvias.

–De eso se ha ocupado Sam –dijo ella, pasando junto a él para ahuecar los cojines antes de volver a dejarlos en el sofá–. Dijo que no le importaba hacerlo y Tim estaba deseando ir al pueblo. Quería parar a saludar a su madre...

Estaba perdiendo las riendas del control y Jericho trató de recuperarlas.

–Si hubiera querido que Sam se llenara de barro, se lo habría pedido a él.

Daisy se giró para mirarlo.

–¿Por qué estás enfadado?

–No lo sé –contestó, dejando caer las manos a ambos lados–. Quizá porque doy órdenes que luego tú cambias a tu parecer.

–¿Órdenes?

Su tono de voz era serio, pero a Jericho le daba igual. Aquello era sólo un síntoma, una señal más de que estaba cambiándolo todo. Incluso estaba haciendo que sus hombres se ocuparan de sus tareas y que olvidaran lo que les había dicho que hicieran. Bueno, había llegado el momento de enseñarle quién era el jefe allí.

–Sí, órdenes. Trabajas para mí, Daisy, no yo para ti.

–No he dicho lo contrario, ¿no?

–No hacía falta –replicó–. Haces lo que te da la gana y esperas lo mismo de los demás.

–No he oído ninguna queja –dijo cruzándose de brazos y poniéndose a la defensiva.

–Ahora, sí –dijo atravesando la distancia que había entre ellos–. Sam es demasiado mayor para abrirse paso entre el barro. Pero no se te ocurrió, ¿verdad?

–No es tan viejo, Jericho.

–¿Y eres tú la encargada de decidirlo?

–No, fue una decisión que el mismo Sam tomó. Estás exagerando por nada –dijo y ladeó la cabeza sin dejar de mirarlo–. ¿Qué es lo que de verdad te molesta? No es el hecho de que Tim haya ido a la tienda o que Sam haya tenido que pisar el barro. ¿De qué se trata, Jericho? Tan sólo dilo.

Él se pasó la mano por la cara y resopló.

–Dirijo este campamento como quiero, ¿lo entiendes? No contradigas mis órdenes y todo irá bien –dijo y miró a su alrededor–. Y deja ya de poner esta decoración tan cursi –añadió agitando el brazo.

–¿Cursi?

–Cojines, alfombras, mantas… Ha llegado un punto en el que no sé qué voy a encontrarme cuando entro en esta habitación.

–Sí, claro –dijo Daisy–, los cojines y los paños de ganchillo son objetos muy peligrosos…

Él la miró enojado.

–Sabes a lo que me refiero. Ocúpate de hacer tu trabajo y nada más.

–De acuerdo. ¿Puedo saludar también?

–No creo que eso sea malo.

–Eres un hombre imposible –dijo poniendo los brazos en jarras–. ¿De verdad te sientes tan amenazado por un puñado de cojines y unas cuantas alfombras? ¿Tan nervioso te ponen unas cuantas velas aromáticas?

–Ésta sigue siendo mi casa –replicó él, a pesar de que estaba empezando a sentirse como un estúpido.

–Nadie ha dicho que no lo fuera. ¿Por qué no me dices lo que de verdad te molesta, Jericho? ¿No tendrás miedo de mí, verdad? ¿No te asusta que estemos cada día más unidos, no?

El hecho de que fuera eso precisamente lo que le preocupaba, lo hizo enfadar aún más.

–Si estás soñando con compartir tu vida conmigo, será mejor que abras lo ojos.

En vez de sentirse molesta por su comentario, Daisy lo miró sonriente. Sacudió la cabeza y se acercó a él. Luego, puso ambas manos sobre su pecho, se puso de puntillas y le dio un beso en los labios.

–Puedo adivinar lo que estás pensando, Jericho. Siempre lo he hecho.

De pronto, su enojo desapareció.

–No soy el hombre que necesitas.

–Ahí te equivocas –dijo ella sonriendo–. Eres exactamente el hombre que quiero.

Al arrojarse a sus brazos, Jericho la atrajo con fuerza hacia él y no pudo evitar preguntarse si estaría diciendo lo mismo si supiera que aún se culpaba de la muerte de su hermano.

Un par de días más tarde, en una tarde fría y nublada, Jericho estaba cargando su camioneta. Iba a salir con sus hermanos Jesse y Justice en un viaje que solían hacer cada año para pescar.

Mientras lo hacía, Jericho estaba deseando que sus hermanos estuvieran al otro lado del mundo. Durante los últimos dos días había estado tratando a Daisy como si de un campo minado se tratara. No estaba seguro de por qué. Se la veía siempre tan contenta que era difícil verla fruncir el ceño. Pero había estado contagiándole su tensión y ahora se comportaba de un modo extraño, como si no supiera cómo tratarlo.

Desde aquella conversación en el salón, ninguno de los dos estaba cómodo con el otro.

«Eres exactamente el hombre que quiero».

No dejaba de repetirse una y otra vez aquellas palabras, haciendo que estuviera más irritado de lo habitual. ¿Qué demonios había querido decir? ¿Para qué lo quería?

¿Para el sexo?

¿O había querido decir otra cosa? ¿Estaba construyendo castillos en el aire? Porque si así era, pronto iban a caer. No podía ser el hombre adecuado para ella. Demasiados secretos se interponían entre ellos. Le había ocultado demasiadas cosas y si alguna vez se enteraba de la verdad, no volvería a ver aquella sonrisa suya.

Había mantenido el secreto para protegerla, pero ahora, ¿se estaba limitando a protegerse a sí mismo? ¿Le estaba ocultando la verdad para no estropear lo que tenía con ella?

Aquello no debería haber empezado nunca, pensó. Había sido un error desde el principio y lo sabía. ¿Acaso no había intentado que se fuera? ¿No había intentado mantener las distancias? Se había dado cuenta enseguida de que nada bueno podía salir de aquello, pero Daisy Saxon era imparable. No se arrepentía de lo que había tenido con ella en las últimas semanas y sabía que los recuerdos del tiempo que había pasado con ella lo perseguirían durante años después de que se fuera.

Así que, ¿qué clase de bastardo era, sabiendo todo aquello y aun así meterse en su cama cada noche?

–Idiota –murmuró, mientras colocaba las cosas–. Te has mostrado distante, pero no has dejado de acostarte con ella.

Pero le había resultado imposible contenerse. ¿Qué se supone que debía hacer? ¿Darle la espalda a una mujer bonita y cálida, que lo deseaba tanto como él a ella?

Empezó a sentirse culpable, pero enseguida apartó aquella sensación. Daisy estaba allí porque quería. El hecho de que no supiera toda la verdad acerca de la muerte de su hermano no significaba nada. No había nada que pudiera hacer para cambiar la realidad y, si tuviera la oportunidad, no estaba seguro de que lo haría. Por supuesto que trataría de aliviarle el dolor, pero no había nada que hacer para borrar la valentía de su hermano de ofrecerse voluntario para una misión arriesgada. Aquel joven marine se merecía el honor que había encontrado tras su muerte.

Lo que de verdad le estaba incomodando era no haberle contado a Daisy toda la historia. Cuando le había preguntado sobre la muerte de su hermano, la había eludido y le había contado lo mínimo. ¿Por qué? ¿Para no aumentar su pena? ¿O era para no ver una mirada de acusación en sus ojos marrones?

¿Acaso eso le importaba? ¿Era importante el motivo cuando lo cierto era que le había ocultado la verdad? Él, que daba tanta importancia a la honestidad, le estaba ocultando algo a la mujer que estaba dominando cada uno de sus pensamientos. Así que no podía dejar de preguntarse qué era lo que le estaba llevando a hacer aquello. ¿Preocupación por otra persona o por sí mismo?

Mientras su mente comenzaba a analizar una vez más aquella cuestión, Jericho decidió mantener la boca cerrada y esperar a que Daisy se fuera. En breve, se daría cuenta de que no era el hombre adecuado para ella, de que no había futuro en lo que había entre ellos y se marcharía.

Aunque lo cierto era que Daisy no conocía lo que era darse por vencida.

Las voces de sus hermanos lo sacaron de sus pensamientos. No estaba de humor para tratar con Justice y Jesse, pero no tenía otra opción. Cada año sus hermanos iban a King Mountain antes de que llegara el invierno para pasar el fin de semana pescando. No era época de pesca, pero al ser una propiedad privada podían hacerlo. No solían pescar demasiado, pero era una buena oportunidad para reunirse y ponerse al día de sus cosas.

En cualquier otro momento, lo habría estado deseando. Cuando estaba en el ejército, había echado de menos aquellas excursiones. Ahora que había vuelto a casa, deseaba retomar la relación con su familia. Tenía que admitir que Daisy tenía parte de culpa en ello. No dejaba de recordarle lo importante que era la familia. Cuando se había enterado de que Jesse y Justice iban a ir, se había mostrado muy contenta con la idea de conocer a sus hermanos.

La alegría de Daisy se traducía en cocinar y cocinar. La cocina estaba llena de toda clase de platos y postres. Había decidido que los hermanos King se sintieran a gusto. En aquel momento, estaba prácticamente empujándolos para que dieran comienzo a su excursión.

Jericho había reparado en las miradas que sus hermanos se habían intercambiado acerca de Daisy. Sabía lo que estaban pensando, que el último de los King había encontrado por fin pareja. Sabía que en cuanto llegaran al lago, sus hermanos empezarían a hacer preguntas.

–Esto es fantástico –dijo Justice, paseando la mirada por el paisaje–. Me gustan los cambios que has hecho en la casa principal.

–Gracias –dijo Jericho y señaló con la cabeza hacia los establos–. Tienes que ver el nuevo caballo que tengo.

–Claro.

Jericho estuvo a punto de romper a reír. Justice era el más paciente de los hermanos. Era callado, tranquilo e introvertido. Pero cuando oía hablar de caballos era incapaz de contenerse.

–No hemos venido a ver caballos. Estamos aquí para pescar y beber cerveza –dijo Jesse–. Bella y Maggie están organizando una noche con sus amigas en el rancho. La señora Carey va a quedarse al cuidado de los niños. Nos ha sido difícil escapar.

Jericho sonrió a su hermano pequeño. Había sido surfista profesional y ahora era el propietario de King Beach, una compañía dedicada al equipamiento deportivo. Estaba locamente enamorado de su esposa y de Joshua, su hijo.

–Suena peligroso.

–No es broma –dijo Justice–. Jesse es un poco exagerado como siempre, pero puedo decirte que cuando Maggie y Bella se juntan… Cuando nos fuimos, estaban haciendo listas de menús y pensando en los adornos. Estaban empeñadas en que nos quedáramos para ayudar –añadió sacudiendo la cabeza–. Por alguna razón, Maggie dice que hay que pintar todo el rancho para el evento que están planeando y Bella la apoya.

–Me ha estado enseñando muestras de colores y no entendía por qué me daba igual el color del comedor –dijo Jesse.

–Ahora está blanco. ¿Qué problema hay con el blanco? –preguntó Justice–. Esas mujeres están lanzadas y no hay nada que pueda detenerlas. Tenemos suerte de que Maura y Jefferson estén en Irlanda.

–No puedo creer que mis hermanos sean tan peleles y que dejen que sus mujeres decidan.

–Eso es lo que decís los solteros –intervino Jesse y tomó la nevera–. Espera a que te llegue el turno y entonces hablaremos.

–Mi turno no va a llegar nunca, Jesse –afirmó Jericho con rotundidad–. De ninguna manera voy a casarme con nadie. He visto demasiado dolor en el ejército. He visto romperse matrimonios sólidos y no estoy interesado en eso.

–Yo decía lo mismo hasta que conocí a Bella –dijo Jesse.

–A mí me ocurrió lo mismo con Maggie. Ya te llegará el momento, Jericho.

–No cuentes con ello –contestó–. Me gusta mi vida tal y como está. No me gustan las relaciones serias no tengo madera de marido ni padre.

–Yo pensaba lo mismo –dijo Jesse–. Pero ahora que estoy casado y tengo un hijo soy muy feliz. Por cierto, Bella está otra vez embarazada.

–¿Y nos lo dices así? –dijo Justice–. Enhorabuena, qué buenas noticias.

–Sí –dijo Jesse sacudiendo la cabeza–. ¿Quién iba

a decir hace unos años que iba a ser tan feliz cambiando pañales?

Incluso Jericho tenía que admitir que su hermano surfista no parecía un hombre familiar. Pero evidentemente, lo era.

–Sé a lo que te refieres –dijo Justice con una sonrisa–. Ahora que Maggie está embarazada de nuevo, parece que los King vamos a contribuir al incremento de la natalidad.

–Claro que sí –dijo Jesse, dándole una palmada a su hermano en el hombro–. Ahora tenemos que conseguir que Maura y Jefferson se pongan a ello y que Jericho ingrese en el programa.

Jericho sacudió la cabeza.

–Podéis intentar convencer a Jefferson y Maura, pero no tenéis nada que hacer conmigo. Jensen todavía no tiene un año, ¿no?

–Ni Joshua tampoco –señaló Jesse–. ¿Qué nos dices de ti, Jericho? ¿De veras quieres ser el único King que no prolongue la dinastía?

–Uno de nosotros tiene que permanecer cuerdo, ¿no os parece?

–Siempre fuiste muy cabezota como para darte cuenta de lo que era bueno para ti –dijo Jesse con una amplia sonrisa–. Esta nevera pesa una tonelada. ¿Qué tiene dentro?

–Lo básico –dijo Daisy desde la puerta trasera–. Hay cerveza, cerveza y, por si acaso os da sed, cerveza.

–El picnic que me gusta –rió Jesse.

Ella le devolvió la sonrisa y durante unos segundos, Jericho se sintió como un extraño. Envidiaba lo bien que congeniaban sus hermanos con Daisy. Sus conversaciones eran relajadas, sin ninguna tensión sexual. Él sentía un pellizco en el estómago y la boca se le secaba cada vez que la veía.

Llevaba un jersey verde, con el cuello de una camisa blanca asomando. Sus vaqueros estaban desgastados y le quedaban muy ajustados. Estaba muy guapa y el corazón de Jericho se aceleró.

De pronto se preguntó si lo habría oído decir que nunca se casaría. No había oído abrir la puerta, así que era posible.

Y aunque en parte deseaba que no lo hubiera oído, por otro lado sabía que sería más fácil para ambos si ella sabía exactamente el terreno que pisaba.

Capítulo Nueve

–En la otra nevera hay sándwiches –les dijo Daisy mientras miraba a Jericho–. Además de ensalada de patata, de macarrones, pollo frito y galletas de chocolate.

–Eres un regalo del cielo y te estamos agradecidos –dijo Justice haciendo una reverencia.

–¿No hay empanadillas? –preguntó Jericho.

Debería habérselo imaginado. Su mirada estaba puesta en él, pero su sonrisa no parecía sincera. ¿Le había oído hablar con sus hermanos? ¿O era una muestra de que lo iba a echar de menos?

–Empanadillas también –dijo–. Sé lo mucho que te gustan.

Transcurrió un largo minuto entre ellos, como si sus hermanos no estuvieran allí. Aquella sensación lo sacudió. No había contado con sentir algo por ella. El deseo de estar a su lado era abrumador y lo había confundido con afecto. Rápidamente, apartó aquellos pensamientos de su cabeza.

No podía admitir, ni siquiera a sí mismo, que lo que sentía por ella era algo más que aprecio. Lo que había entre ellos no duraría, no podía durar.

No sólo porque, como les había dicho a sus hermanos, no estuviera buscando una relación duradera. Sino porque había algo que ella todavía no sabía. No le había contado nada acerca de la última misión de Brant. Todavía no. Pero lo haría tan pronto como regresara de la excursión con sus hermanos. Le contaría todo. Entonces, ella se iría y las cosas volverían a la normalidad.

Tendría que aprender a echarla de menos el resto de su vida.

Ella rió por algo que acababa de decir Jesse y Jericho fijó la mirada en ella. Todo su cuerpo se puso tenso. Aquella mujer le afectaba en muchos niveles. La deseaba, pero a la vez quería que se fuera. La necesitaba y a la vez le molestaba su presencia.

¿Cómo podía aquella mujer despertar tantas emociones diferentes en un hombre? Especialmente uno que se había especializado en no sentir nada intenso por nadie. Hasta que Daisy apareciera en su vida, lo más cerca que había estado de un compromiso había sido durante las dos semanas que había pasado en el hotel de su primo en Cancún, con una morena a la que apenas recordaba.

Durante años, se había mantenido alejado de relaciones, convencido de que la vida militar no encajaba con la idea de un hogar y una familia. Siempre había pensado que un hombre servía mejor a su país si no tenía otras distracciones en su vida.

Jericho había visto muchas familias desintegrarse por la larga duración de las misiones. E incluso el dolor de las esposas e hijos cuando sus marines no regresaban a casa. Sus amigos habían insistido en que estaba equivocado. Le decían que la fuerza que les transmitían sus familias compensaba la preocupación de dejarlas. Lo cierto era que había mucho personal militar que se las arreglaba para encontrar el equilibrio entre sus carreras y sus familias.

Pero Jericho había elegido llevar una vida en soledad mientras estuviera en el servicio.

«¿Cuál es tu excusa ahora?», dijo una voz al fondo de su cabeza.

Ya no estaba en el servicio militar, pero seguía manteniéndose apartado de los demás.

–Así que, ¿cuál es el plan para el fin de semana? –preguntó Daisy y Jericho regresó de sus pensamientos.

Antes de que pudiera decir nada, Jesse estaba hablando.

–Sentarnos junto al río y escuchar las mentiras de mis hermanos –contestó y le guiñó un ojo.

–El día en que cierres la boca lo suficiente para escuchar, será el día en que abran una pista de patinaje sobre hielo en el infierno –dijo Justice.

–Jericho y tú sois tan reservados que alguien tiene que hablar –dijo y volvió a mirar a Daisy sonriendo–. ¡A que tengo razón, Daisy? Jericho habla tanto como una piedra. ¿A que tengo razón?

Ella desvió la mirada hacia Jericho.

–No lo sé. No parece tener ningún problema cuando me dice cómo quiere que las cosas se hagan por aquí.

–Dar órdenes no cuenta –intervino Jesse, apoyándose en la camioneta–. Puesto que soy el más pequeño, puedo decir que llevo recibiendo órdenes desde que nací.

–Como si hubieras hecho caso –le recordó Justice, levantando la nevera llena de comida y cargándola en la parte trasera–. Su esposa, Bella, viene a mi casa en busca de paz y tranquilidad.

–Ja, ja –río Jesse–. ¿Bella, tranquila? Todavía no se ha visto el día.

–Por favor –dijo Justice–. Tu esposa es encantadora. Si quieres ver una mujer con carácter, ten una discusión con Maggie. Tendrás suerte si no te hace pedazos.

–¿Estás comparando el carácter irlandés de Maggie con el mexicano de Bella? –rió Jesse de nuevo–. No hay comparación. Bella es pequeña, pero fuerte.

Los dos hombres continuaron comparando a sus mujeres. Ambos estaban tan orgullosos de sus esposas que Jericho sintió envidia. Aquella sensación era nueva para él. Se sintió tentado a interponerse entre ellos y decirle que Daisy era más mujer que cualquiera de sus esposas.

Aquel pensamiento lo sobresaltó. Normalmente, cuando sus hermanos tenían aquella conversación, lo único que sentía era simpatía por sus esposas. Ahora, desde que conociera a Daisy, podía entender lo que sus hermanos sentían por sus esposas. Aunque eso no le hacía sentir mejor. Al contrario, eso le hacía darse cuenta de que había dejado que Daisy se acercara demasiado.

Había permitido que le importara.

Jericho estaba a un lado, con la mirada todavía fija en la de Daisy mientras sus hermanos continuaban bromeando. Aquellas bromas era habituales y divertidas. La única diferencia era que esta vez Daisy estaba allí, así que la mente de Jericho estaba en otras cosas. Lo único en lo que podía pensar era en que terminara el fin de semana para poder llevársela arriba, encerrarse en su habitación y olvidarse de todo durante horas.

Sí, había decidido contarle todo, pensó, pero eso no significaba que no pudiera pasar antes otra noche más con ella. Si eso lo convertía en un egoísta, podría soportarlo.

–¿Eh, Jericho? –dijo Jesse, dándole en el brazo–. ¿Estás ahí?

–Sí, hermanito –dijo apartando la mirada de Daisy–. Venga, carga el resto de las cosas para que podamos ponernos en marcha.

–¿Veis? Aún sigue dando órdenes –rió Jesse.

–Pasadlo bien –dijo Daisy riendo, mientras subía los escalones del porche–. Venga, Nikki. Tengo que poner estacas a los crisantemos. Hasta mañana por la noche, chicos.

–Volveremos para la hora de la cena –dijo Justice.

Daisy se despidió con la mano y siguió andando, desapareciendo con el perro caminando junto a ella.

–¿Estacas a los crisantemos? –murmuró Jesse, sacudiendo la cabeza–. ¿Para qué?

–¿Tengo aspecto de jardinero? –preguntó Jericho molesto–. ¡Y yo qué sé! Ni siquiera sabía que tuviéramos crisantemos.

Jesse siguió metiendo los sacos de dormir y un infiernillo. Luego, colocó con cuidado las cañas de pescar en al parte trasera de la camioneta. Mientras lo hacía, Jericho permanecía con la mirada perdida hacia el lugar por donde había desaparecido Daisy.

–¿Hay algo que quieras contarme? –preguntó Justice, acercándose a él.

–¿Cómo? –preguntó Jericho mirándolo como si se hubiera vuelto loco.

Pero no podía engañar a Justice. Él siempre había sido especialista en ver cosas que nadie más veía. Excepto cuando se refería a su propia vida. Jefferson le había explicado a Jericho cómo Justice había estado a punto de estropear su matrimonio con Maggie. Habían estado a punto de perder todo lo que había entre ellos.

—No estoy ciego —dijo Justice—. He visto cómo te mira y cómo la miras tú a ella.

—No sabes de lo que estás hablando.

Debería haber imaginado que aquello ocurriría, que Justice se daría cuenta de la tensión que había entre Daisy y él.

—¿Ah, sí? Entonces, ¿por qué pareces un hombre al borde de un precipicio? —preguntó Justice—. Por fin te enamoras de una mujer y ¿no vas a hacer nada al respecto?

—Nadie se ha enamorado de nadie —replicó, incómodo por la conversación.

—¿He oído bien? —preguntó Jesse acercándose—. ¿El todopoderosos Jericho King enamorado? —añadió y rió, dándole una palmada a su hermano en el hombro—. ¡Qué buenas noticias!

—¿Por qué no os calláis? —dijo Jericho y miró hacia el lugar por donde había desaparecido Daisy para asegurarse de que no pudiera oírlos—. Nadie ha hablado de amor.

Ahora que Jesse se había dado cuenta de que estaba pasando algo, nada podría mantenerlo callado.

—Ni falta que hacía —musitó Justice—. Se ven las llamas cada vez que la miras.

—El deseo no es lo mismo que el amor, por si acaso todavía no lo sabíais —dijo a sus hermanos y los miró a ambos con la intención de que pusieran fin a aquella conversación.

—No obstante, es un buen comienzo —dijo Jesse,

sonriendo–. La primera vez que vi a Bella… –se detuvo y suspiró exageradamente–. Bueno, la primera vez no la vi. Estaba muy oscuro y apenas pude verla bien. La segunda vez llevaba un horrible vestido, pero la tercera caí rendido a sus pies.

–Eres un idiota –dijo Jericho–. Mis condolencias a tu esposa.

Jesse enarcó las cejas, sonriendo.

–Me quiere.

–Sobre gustos no hay nada escrito –intervino Justice.

–¡Eh! Estamos hablando de Jericho, ¿recuerdas? –dijo Jesse.

–Ya hemos acabado –afirmó Jericho–. Hablas demasiado, como siempre. Es una mala costumbre que deberías dejar.

–Demasiado tarde –dijo encogiéndose de hombros y sentándose en la parte trasera de la camioneta–. Además, es parte de mi encanto.

–¿De veras? ¿Estamos listos para irnos?

Jericho miró al cielo. Quedaban una cuatro horas para que anocheciera, tiempo suficiente para llegar al lago e instalar el campamento.

–Cambiar de conversación no va a hacer que te libres.

–No cambio de conversación –dijo mirando a sus hermanos–. No hay ningún tema porque no quiero hablar de eso. Ni con vosotros ni con nadie porque no hay nada de lo que hablar.

–¿Estás loco o eres tonto? –preguntó Jesse desde donde estaba–. Una mujer que no sólo es bonita sino que cocina bien y que te aguanta más de cinco minutos, ¿no te hace caer rendido a sus pies?

Jericho lo miró, haciéndole una mueca de desprecio.

–Otra vez está en las nubes –dijo Justice–. Jesse tiene razón. Por el amor de Dios, Jericho, ¿de verdad quieres pasar el resto de tu vida como un ermitaño en esta montaña?

–¿Ermitaño? Hay mucha gente que va y viene continuamente.

–Tú lo has dicho, que va y viene –dijo Jesse.

–¿Quién te ha dicho que hables?

Jesse se levantó de su asiento para mirar cara a cara a su hermano mayor.

–¿Te has dado cuenta de que eres todavía más insoportable cuando no tienes razón?

–Anda, cállate –dijo Jericho, mirando a su otro hermano, más racional–. Justice, ¿puedo tirarlo al lago?

–Inténtalo –le desafío Jesse.

–No –respondió Justice–. Bella se enfadará mucho. Y créeme que no quieres ver a esa mujer enfadada.

–Amén –murmuró Jesse.

–Está bien, no quiero oír más consejos de ninguno de los dos –dijo Jericho y cerró la puerta de la camioneta dando un portazo.

–De acuerdo –convino Jesse–. Nada de consejos por mucho que los necesites.

–Métete en la camioneta, Jesse –dijo Justice y una vez su hermano se sentó en la parte trasera, se dirigió a Jericho–. Tiene razón acerca de Daisy y de ti. Será mejor que lo pienses bien antes de que estropees las cosas. Lo sé muy bien. Yo estuve a punto de hacer lo mismo.

Jericho suspiró.

–Me alegro de que las cosas entre Maggie y tú hayan funcionado. Pero esto con Daisy es diferente.

–¿A qué te refieres?

–Hay cosas que no sabe –contestó Jericho–. Cosas sobre las que no hemos hablado. Somos muy diferentes. A ella le gusta estar en casa, a mí al aire libre. No funcionaría porque este lugar no es para ella.

Daisy se mordió el labio para evitar hablar. Debería haber evitado quedarse allí escuchando a Jericho y a sus hermanos. No había sido ésa su intención. Pero al volver a la casa para tomar unas tijeras para cortar flores, había escuchado parte de la conversación.

Había sido divertido escuchar a los hermanos bromeando entre ellos. Eso le había hecho recordar cómo Brant y ella solían hablar y reírse, así que se había quedado escondida, disfrutando de las bromas entre ellos.

Luego, cuando la conversación había versado sobre ella, había sentido demasiada curiosidad como para irse.

Ahora, se había quedado de piedra. Se apoyó en la pared y cerró las manos en puños. Tuvo que hacer un gran esfuerzo por quedarse allí y no correr tras Jericho para pedirle que le contara aquello que le estaba ocultando.

¿Qué era lo que no sabía?

¿Qué estaba ocultando?

–¿Y por qué? –susurró, mirando a Nikki que, al oírla hablar, había estirado las orejas.

Pero no tenía respuestas. Daisy se quedó mirando el cielo, sin ver las nubes que lo cruzaban. En vez de eso, vio los ojos azules de Jericho mirándola. En su mente, vio su rostro y la emoción que lo embargaba cuando con su cuerpo la cubría después de hacer el amor.

Ahora, no podía dejar de repetirse lo que le había oído decirle a Justice: este lugar no es para ella.

¿Cómo seguía pensando eso? ¿No se había hecho un sitio allí? ¿No le había ayudado con los clientes, convirtiendo el hotel en un lugar confortable? ¿No había pasado cada noche entre sus brazos?

La ira comenzó a invadirla. Habían pasado cada día de las dos últimas semanas juntos. Habían trabajado juntos. Había salido de excursión para una de las pruebas de supervivencia con él y sus clientes y había sido capaz de mantener el ritmo. Además, se las había arreglado para cocinar y hacer que los clientes se sintieran más cómodos.

Aun así, Jericho todavía se resistía.

Seguía diciendo que no encajaba allí. ¿Qué hacía falta para que admitiera lo contrario? Si estaba tan decidido a mantenerla alejada, ¿cambiaría eso alguna vez? ¿No se estaba exponiendo a mayor dolor por seguir confiando en que viera la luz?

–Esto es culpa tuya –murmuró mientras escuchaba las risas de los hombres–. Si no te hubieras enamorado de él, daría igual. Simplemente vete como habías pensado hacer y no mires atrás.

Pero ése era el problema, que miraría atrás.

Jericho rió a carcajadas sobre algo que había dicho uno de sus hermanos.

Nikki gimió y Daisy se agachó para tomar en brazos a su perro. Lo que deseaba en aquel momento era salir y hacer frente a Jericho. Quería respuestas. Quería que la mirara a la cara y le dijera que aquel sitio no era para ella y que no había nada entre ellos.

–Esto no debería de haber pasado –se dijo en voz alta–. ¿Por qué te has tenido que enamorar de él? ¿Por qué no podías haberte limitado a acostarte con él y mantener tus sentimientos a un lado?

Era demasiado tarde para arrepentirse, pensó dolida. Deseó ver la cara de Jericho. ¿Vería la mentira en sus ojos o una verdad indiscutible?

Pero se quedó dónde estaba, porque mientras él estuviera con sus hermanos, no era el momento de confrontarlo. Quedaría como una estúpida por haberlos estado escuchando a escondidas.

Se quedó quieta y esperó a que arrancaran la camioneta y se pusieran en marcha. Cuando se asomó, vio la nube de polvo que levantaba la camioneta a su paso.

No pudo dejar de sentirse dolida recordando las palabras de Jericho una y otra vez en su cabeza. No importaba que sus sentimientos hubieran cambiado desde que llegara a King Mountain. No importaba que lo amase; a él le daría igual.

Se rodeó con los brazos al sentir una súbita sensación de frío. Hasta hacía apenas unos minutos, no había sido consciente de los sueños que había empezado a tener, todos ellos centrados alrededor de Jericho. Sueños en los que ambos vivían felices en la montaña, criando a sus hijos y amándose cada noche.

Era duro sentir que aquellos sueños se desvanecían como si nunca hubieran existido. Pero a pesar de aquel dolor, se consoló pensando que había hecho lo que en un principio había ido a hacer. Había hecho el amor con Jericho King y, si los dioses eran benevolentes, ya estaría embarazada. Pronto lo sabría y entonces, mientras pudiera, lo dejaría allí en su preciosa montaña y buscaría otro lugar.

Pero no antes de que descubriera qué era lo que le estaba ocultando.

Capítulo Diez

Durante la semana siguiente, Daisy no pudo evitar sentirse nerviosa. Después de que sus hermanos se fueran a casa, Jericho se había encerrado en sí mismo. No la había tocado ni besado. Apenas la había mirado. La tensión estaba empezando a pasarle precio. Mientras miraba por la ventana de su habitación la oscuridad de la noche, su mente no dejaba de dar vueltas.

Presintiendo que iba a producirse un enfrentamiento entre Jericho y ella, Daisy había ido a comprar una prueba de embarazo. Pero todavía no la había usado. La caja azul seguía en el armario del baño, cerrada.

Sabía por qué tenía miedo de usarla. Si no estaba embarazada, entonces se quedaría. Encontraría la manera de mantenerse cerca, de evitar que la apartara. Si estaba embarazada, entonces se iría tal y como había planeado.

Ése era el motivo por el que no se había hecho la prueba todavía, pensó con tristeza. No quería irse. No quería dejar a Jericho, ni a los empleados, que le habían dado tal sensación de familia. No quería dejar aquel lugar, del que ahora había entrado a formar parte. Se había convertido en uno de ellos. Había encontrado su sitio en el mundo y al hombre que quería por encima de los demás y no quería perder nada de eso.

Darse por vencida iba en contra de su naturaleza, pensó. Pero, ¿era darse por vencida si se iba, cuando ése había sido su plan original? La cabeza le daba vueltas.

–¿Qué estás haciendo?

Nikki saltó con alegría de su sitio en la cama y Daisy se giró para mirar a Jericho, que hablaba desde la puerta de su habitación.

–Nada –balbuceó a modo de contestación y forzó una sonrisa–. Estaba pensando.

Jericho entró en la habitación y no se detuvo hasta llegar a un par de metros de ella. Ignoró a Nikki, que estaba al borde de la cama a la espera de alguna caricia.

–Yo también he estado pensando –dijo y no parecía más contento que ella.

Había llegado el momento. Daisy se preparó para lo que iba a venir a continuación, fuera lo que fuera.

Al ver que el silencio se dilataba entre ellos, Daisy sintió que perdía la paciencia.

–Por el amor de Dios, Jericho, di lo que tengas que decir.

Jericho frunció las cejas y sus labios se tensaron.

–¿Decir qué?

–Lo que has venido a decir –le espetó–. Lo que has querido decirme desde el día en que llegué. Que me vaya de la montaña.

–Te equivocas –dijo y se pasó una mano por el pelo, mientras se acercaba a mirar por la ventana–. No quiero que te vayas… –añadió dándose la vuelta para mirarla a los ojos.

Su corazón se hinchó de alegría, pero al cabo de unos segundos se desinfló como si alguien lo hubiera pinchado con una aguja.

–…, pero es precisamente por eso por lo que tienes que hacerlo.

Lo miró sorprendida y sacudió la cabeza antes de hablar.

–Eso no tiene ningún sentido.

–No tiene por qué tenerlo. Como ya te dije, es mi montaña y son mis reglas.

Así de frío y de distante. No era el hombre al que había llegado a conocer. La estaba apartando sin darle ninguna oportunidad. Y eso, le rompía el corazón.

–Así que se supone que tendré que irme sin una explicación. ¿Por qué Jericho? ¿Tanto te preocupo?

Él rió, pero sin humor.

–No me preocupas, Daisy. Es sólo que tienes que irte.

–¿Por qué?

–No hagas esto más difícil de lo que es.

–Creo que estoy en mi derecho.

Al decirlo, se enderezó y cuadró los hombros. Iba a tener que luchar para quedarse, sin ni siquiera saber si estaba embarazada o no. Porque al contemplar aquellos fríos ojos azules, Daisy supo que merecía la pena luchar por él. Lo que había entre ellos era lo suficientemente importante como para dejarlo morir sin luchar.

Él se veía como el frío guerrero que era, pensó. Pero su hermano también había sido un marine. Ahora, Jericho iba a darse cuenta de que aquella Saxon era tan fuerte como cualquier marine combatiente.

Así que decidió disparar la primera salva.

–Te quiero.

Su expresión se volvió impávida y su mirada se tornó aún más fría y distante.

–No, no me quieres.

La ira la invadió y dio un paso hacia él.

–Puede que creas que lo sabes todo, Jericho King, pero no tienes que decirme lo que siento y lo que no. Te he dicho que te quiero y lo digo de verdad. Ahora, tendrás que soportarlo.

No tuvo que esperar demasiado por su respuesta, que fue más o menos lo que había esperado.

–¿Crees que soy ciego, Daisy? –dijo con voz grave, como si las palabras salieran directamente de su alma–. ¿Crees que no me doy cuenta de lo que está pasando? No es a mí a quien amas. Es estar aquí, conmigo, con Sam y con los demás. Has estado tan sola desde que tu hermano murió que nos has convertido en la familia que tan desesperadamente quieres tener.

Daisy se sintió como si la hubiese abofeteado. Quizá hubiera algo de cierto en sus palabras, pero no describía el panorama en su conjunto.. Sí, había ido en busca de una nueva familia. No había esperado encontrar amor, pero lo había encontrado. Y no quería que le quitara importancia.

Le había dicho que la amaba y él había ignorado sus pensamientos. ¿Qué clase de hombre haría algo tan estúpido?

–¿De verdad crees que soy tan inocente? ¿Crees que no conozco la diferencia entre el amor y el deseo? –preguntó Daisy, poniendo los brazos en jarras mientras sus ojos echaban chispas de ira–. Claro que estaba sola, pero no elegí al primer hombre que se me cruzó para convertirlo en la familia que tanto echo de menos. Vine aquí porque conocías a mi hermano. No vine en busca de un marido o de alguien a quien aferrarme. No buscaba enamorarme de ti, pero ha pasado.

Él frunció el ceño, pero Daisy todavía no había acabado.

—De todos los hombres cabezotas y arrogantes del mundo, ¿por qué me he tenido que enamorar de ti? —dijo sacudiendo la cabeza—. Estás tan decidido a encerrarte a vivir en esta montaña, lejos de todo y de todos, que te niegas a darte cuenta no sólo de que te quiero, sino de que tú también me quieres.

Él dio un paso atrás y apretó tan fuerte las mandíbulas que Daisy vio cómo se le tensaba cada músculo. Observó cómo luchaba para mantener el control y sólo entonces habló.

—¿Sabes? No he pedido esto. No lo quería —dijo y suspiró—. Fuiste tú la que vino y la que no quiere irse. Eres tú la que presionó y me acorraló.

—Pobre de ti —dijo ella, sacudiendo lentamente la cabeza.

Una sonrisa falsa asomó a los labios de Jericho.

—Justice y Jesse no tienen ni idea de lo que es una mujer testaruda. Podrías darle clases a sus esposas.

—Gracias.

—No estoy seguro de que eso sea un cumplido.

—Yo sí.. No me da miedo decir lo que quiero y luchar por ello. ¿Y a ti?

Él respiró hondo.

—Si un hombre me dijera eso, le daría un puñetazo —admitió.

—¿De veras?

Él no respondió a aquello.

—Antes de dejar a mis hermanos, tomé la decisión de que cuando volviera, te metería en mi cama durante horas antes de hacerte marchar.

Ella se quedó de piedra al oír sus palabras.

–Pero hace días que no me tocas.

–Porque cuando volví y te vi de nuevo… Supe que si te tocaba, no te dejaría ir nunca. Y tengo que dejar que te vayas.

–¿Por qué?

Él sacudió la cabeza.

–Hay cosas que no sabes…

–Entonces, cuéntamelas.

Jericho se pasó una mano por la cara.

–De verdad, Jericho, ¿tanto miedo te da que te quieran?

–No, miedo no –dijo y Daisy adivinó un brillo cálido en sus ojos–. Pero sí lo he pensado bien. No sabes lo que estás haciendo.

–Te equivocas –dijo acercándose a él lentamente.

Él se quedó donde estaba y no retrocedió. Se quedó mirándola con intensidad, haciendo que desapareciera el enfado de Daisy.

–No, no me equivoco –dijo él con la mirada fija en la de ella mientras se acercaba–. Si supieras lo que es bueno para ti, harías las maletas y te irías de aquí enseguida.

–No voy a irme a ningún sitio.

–Para serte sincero, nunca pensé que lo harías –admitió y tragó saliva al extender su mano hacia ella–. Puede que me arrepiente de esto, que Dios me ayude, pero no puedo dejar que te vayas.

–¿Qué estás diciendo? –susurró.

–Estoy diciendo que ahora mismo, te necesito –dijo y respiró hondo–. No hablo de un futuro juntos. Ni siquiera pienso en el futuro. El presente es lo único que puedo ofrecerte.

–Entonces por ahora, eso es todo lo que te pido –dijo ella.

Jericho la abrazó, estrechando su cuerpo contra el de ella. Ella hundió el rostro en su cuello, reemplazando con su calor el frío y el vacío que había sentido en los últimos días.

Lo amaba y él iba a dejarla. Durante el tiempo que durara, dejaría que le diera lo que estuviera dispuesta a dar y él haría lo mismo. Nunca había creído en las relaciones eternas, pero de momento, disfrutaría de lo que tenía con la mujer que deseaba por encima de todo.

Cuando Jericho tomó el rostro de Daisy entre las manos, la besó con una pasión que lo dejó hambriento. Un instante más tarde, aquel momento se rompió por un grito del exterior.

–¡Fuego!

Los establos estaban ardiendo y las horas siguientes pasaron a toda velocidad.

El calor, la luz de las llamas avivadas por el viento, los gritos de los hombres y de los caballos asustados llenaban el ambiente. Jericho dirigía a sus hombres, gritando las instrucciones por encima de todos los ruidos. Habían llamado al cuerpo de bomberos, pero nadie se había quedado parado a la espera de que llegaran. Había mangueras por todas partes y el agua estaba siendo dirigida hacia las llamas que amenazaban con alcanzar el tejado de los establos.

Trataban de mantener el fuego bajo control para impedir que se propagara no sólo a los otros edificios sino al bosque también. Había sido un verano largo y seco y lo único que tenían a su favor era que había llovido recientemente.

El crepitar del fuego sonaba como demonios susurrando en las sombras. Parecía que el infierno hubiera llegado a la montaña. El calor era insoportable y Jericho sintió que no dejaba de sudar en sus continuas carreras a los establos para sacar a los caballos. Los asustados animales se negaban a cooperar, así que el proceso llevaba más tiempo del esperado, pero estaba decidido a salvar con vida a cada uno de ellos.

Tal y como había querido mantener a salvo a Daisy.

–Quédate en la casa –le había dicho al oír el primer grito pidiendo ayuda.

Por supuesto, ella no le había hecho caso.

Se entretuvo lo suficiente para cerrar la puerta de su habitación y asegurarse de que Nikki no saliera. Luego, había corrido escaleras abajo.

–No malgastes tu saliva, Jericho –le había dicho–. Ésta también es mi casa y ayudaré a salvarla.

Luego, había salido de la casa y no le había quedado más remedio que seguirla. Aun así, había estado pendiente de ella durante la batalla contra el fuego.

Era incansable, pensó al ver llegar a los bomberos. Daisy siguió lanzando agua con una de las mangueras del jardín, mientras los hombres trataban de apagar las llamas con mantas. No se daba por vencida, ni se la veía decaída. Permanecía al lado de los demás, enfrentándose a los peligros que los acuciaban.

Mientras la noche avanzaba y las llamas iluminaban la noche, Jericho se dio cuenta por fin de la verdad.

La amaba.

No era sólo deseo. Era mucho más. Había intentado convencerse de que era una bonita y torpe chi-

138

ca de ciudad. Pero había fuerza, tesón y determinación en ella. Era la mujer perfecta para él.

La única mujer.

Para cuando el fuego logró controlarse, Daisy estaba en la cocina preparando café para los hombres. Jericho la encontró allí, sudorosa, con la ropa sucia y el pelo revuelto. Nunca antes la había visto tan preciosa.

–Más café en marcha –dijo, lanzándole una rápida mirada.

–Muy bien. Los hombres se lo están bebiendo tan rápido como lo preparas.

–¿De verdad el fuego ya está controlado?

–Completamente –dijo acercándose a ella y tomándola de los hombros para que se diera la vuelta para mirarlo–. El jefe de bomberos cree que el origen ha sido un fallo eléctrico que se inició en unos de los paneles. Pero hemos tenido suerte –añadió y la abrazó–. Nadie está herido. Los animales están a salvo y reconstruiremos los establos. La estructura no se ha visto dañada. Sólo va a hacer falta…

–¿Una mano de pintura?

Él sonrió y la besó en la frente.

–Algo más que eso, pero quedará bien.

–¿Y estaré aquí para verlo? –preguntó ladeando la cabeza–. No quiero volver a oír que tengo que marcharme.

–Claro –dijo limpiándole una mancha de la mejilla–. No quiero que te vayas nunca.

Ella sonrió.

–Es lo más bonito que me has dicho, Jericho King. Pero eso ya lo habías dicho antes.

–Ahora es diferente. Tengo muchas cosas más que decir, Daisy Saxon –admitió–. Empezando por…

–No.

La proposición que iba a hacerle se le quedó en la punta de la lengua cuando ella le puso un dedo en la boca. Se sintió confuso. Sabía que había adivinado lo que estaba a punto de decirle, así que, ¿por qué hacerle callar?

–Daisy…

–Antes de que digas nada, hay algo que tengo que decirte –murmuró ella.

Desde fuera se oían los ruidos de los hombres recogiendo las cosas y tranquilizando a los animales. Tenían que meterlos en uno de los edificios para pasar la noche. No era una solución a largo plazo, pero al menos servía por ahora. La mente de Jericho volvió de los problemas logísticos y se concentró en la mujer que lo miraba con ojos de pesar.

–¿Qué pasa? ¿Qué ocurre?

–No ocurre nada –le aseguró y respiró hondo, tratando de encontrar fuerzas para mantener la conversación–. Tengo la sensación de que estabas a punto de pedirme que me casara contigo.

–¿No quieres casarte conmigo? –preguntó asombrado.

Aquélla era la mujer para quien el compromiso era fundamental. La mujer que deseaba una familia, ¿iba a rechazar la propuesta de matrimonio del hombre al que decía amar? Aquélla era la situación más extraña en la que se había encontrado.

Jericho nunca había considerado antes proponerle matrimonio a nadie. Ahora que estaba listo, la mujer que amaba lo estaba rechazando antes incluso de que dijera las palabras. ¿Qué demonios estaba ocurriendo?

–Has dicho que me amabas.

–Así es –dijo ella rápidamente y tomó su rostro entre las manos–. Oh, Jericho, te quiero mucho. Pero no puedo casarme contigo hasta que no sea completamente honesta contigo. Creo que ambos debemos ser sinceros con el otro. Así que no puedo dejar que me hagas la pregunta hasta que sepas la verdadera razón por la que vine aquí.

–¿Cómo? ¿Qué quieres decir con la verdadera razón?

La tensión en la cocina fue en aumento.

Ella respiró hondo y se cuadró de hombros.

–Vine aquí con la idea de seducirte, Jericho. Quería un bebé y quería que tú fueras el padre.

Capítulo Once

Todo él se quedó helado.

Era como si hubiera salido de su cuerpo y fuera un observador silencioso de la escena que lo había desconcertado y puesto furioso.

–¿Que tú qué?

Daisy se apartó de él y no hizo nada para impedírselo. Lo mejor era mantener las distancias. No estaba seguro de sus sentimientos y su cabeza saltaba de un pensamiento a otro.

–Quería una familia, Jericho –dijo ella, llenando un termo con café recién hecho, con sus manos temblorosas–. Brant era todo lo que tenía. Cuando lo perdí… –se detuvo, cerró el termo y se giró para mirarlo–. Sufrí durante mucho tiempo. Me pasé semanas llorando por él. Cuando finalmente pude superarlo, me di cuenta de que para seguir viviendo, no podía hacerlo sola.

No supo qué decir a aquello, así que se quedó en silencio y esperó. Ella continuó.

–¿Me llamaste, recuerdas?

Él asintió.

–Me ofreciste ayuda en honor de Brant, debido a la relación que teníais.

–Sí, pero no recuerdo haberte ofrecido un hijo.

Ella se sonrojó.

–Por supuesto que no. Eso fue idea mía, ¿no lo ves? El cuerpo de marines me robó a mi familia. Brant murió por su país y sin él, me quedé sola. No podía soportarlo. Llegué a pensar que moriría de dolor.

Algo en su interior se ablandó. Él también sabía lo que era sufrir una pérdida. Había visto cómo la pena había destrozado a mucha gente. El hecho de que Daisy no sólo lo hubiera superado, sino que hubiera encontrado la fuerza para hacerlo, era admirable. Pero eso no explicaba todo lo demás. De nuevo estaba hablando y Jerichó se obligó a escucharla..

–Cuando decidí tener un hijo, supe que quería que tú fueras el padre –admitió–. Brant y tú erais amigos. Él te admiraba mucho. Además, pensé que Jericho King era parte de lo que se había llevado a Brant de mi lado. Así que, ¿qué podía ser mejor que tenerte como padre de mi hijo?

–No puedo creerme esto –murmuró, frotándose la nuca–. ¿Así que todo esto ha sido una estratagema? ¿Has estado jugando conmigo desde el principio?

Al ver que no decía nada, Jericho optó por contestar a su pregunta, después de reír con ironía.

–Por supuesto. Y yo me lo creí. Creí que eras exactamente lo que decías ser –añadió–. ¡Maldita sea! Incluso me sentí mal por aprovecharme de ti.

–Jericho, deja que te explique…

–No –dijo él con rotundidad–. Contéstame una pregunta. ¿Ha funcionado tu plan? ¿Estás embarazada?

Ella respiró hondo y se cruzó de brazos como si quisiera protegerse.

–Sí. Me hice la prueba cuando vine a preparar la primera tanda de café.

–Mentira –dijo él–. Usamos protección.

–La primera noche no.

El mundo de Jericho se agitó bajo sus pies. Su mente viajó hasta aquella primera noche en que la pasión lo había cegado al llegar junto a ella. No, no había usado preservativo. No había pensado en otra cosa más que en hacerle el amor.

Así que no podía culparla. Quería hacerlo porque lo había engañado. Le había hecho confiar en ella y ahora estaba comprobando que era una mentirosa.

–Perfecto –dijo él acercándose a la ventana para mirar a sus hombres, que seguían trabajando en el complejo.

Arriba, se oían los ladridos de Nikki, pidiendo que la dejaran libre. Y detrás de él estaba la mujer que esperaba un hijo suyo.

–Jericho…

–¿Qué demonios tengo que hacer? –preguntó sin esperar respuesta.

–Siento haberte mentido, pero no me arrepiento de haber venido. Vine buscando una familia y encontré una familia –dijo y respiró hondo antes de continuar–. Jericho, todo cambió después de unos días aquí. Enseguida supe que no sólo quería un hijo. Te quería a ti. Te quiero.

–Muy oportuno, confesar tu amor por mí justo después de descubrir que estás embarazada.

–Te lo dije antes de saber que estaba embarazada.

Él rió de nuevo.

–Sí, claro, y tengo que creerte.

–¿Por qué estás tan enfadado? –preguntó dando un paso hacia él–. ¿Porque te mentí o porque estoy embarazada?

Jericho no sabía la respuesta. Apenas podía creer que iba a ser padre. Aquélla era una noticia muy importante para un hombre. ¿No tenía derecho a unos minutos para poder asimilarlo?

–No quiero seguir hablando de esto ahora –murmuró y tomó uno de los termos que ella había preparado

Se giró y se dirigió a la puerta trasera, pero la voz de Daisy lo detuvo antes de irse.

–Jericho, no soy la única que tiene secretos. Y eso no ha cambiado nada. Aun así te quiero y tú me quieres.

La miró a los ojos y vio preocupación en ellos. Pero eso no cambiaba nada. No podía darle lo que quería, al menos no en aquel momento.

–Ni siquiera te conozco –dijo y se dio la vuelta para reunirse de nuevo con sus hombres.

A la mañana siguiente, él se había ido.

Había pasado la noche sola, con la única compañía de Nikki. Se sintió sola y perdida y cuando alargó el brazo para acariciarlo y encontró su cama vacía, las lágrimas brotaron de sus ojos.

¿Por qué se había complicado todo? En las largas e interminables horas de una noche de insomnio, Daisy había tenido tiempo de pensar. Nunca se había parado a pensar en cómo su plan afectaría a Jericho.

En su intento por tener una familia, por quedarse embarazada, no se había parado a pensar cómo su decisión lo afectaría.

Tres días más tarde, Jericho seguía sin aparecer y Daisy seguía sin saber qué hacer. Al entrar en la cocinas, con Nikki corriendo entre sus pies, se llevó la mano al vientre y pensó en la vida que crecía dentro de ella.

Pronto, tendría un bebé, una familia. Pero esa familia nunca estaría completa sin el padre de su hijo.

Nikki se sentó junto a la cocina y se quedó mirando hacia la entrada. Desde que Jericho se fuera, no había dejado de hacer aquello, como si pudiera hacerle aparecer con el poder de la mente. Era curioso, pensó Daisy, que tanto ella como su perro quisieran lo mismo: ambas echaban de menos al hombre al que las dos querían.

La puerta trasera se abrió de pronto y contuvo la respiración. El corazón comenzó a latirle con fuerza y el estómago se le hizo un nudo. Nikki se agitó, pero volvió a sentarse en el suelo. La emoción que la había embargado al pensar que era Jericho se desvaneció al ver a Sam entrando en la habitación. Debió adivinar su decepción al verle la cara porque sonrió con calidez.

—Lo siento —dijo cerrando la puerta tras de sí—. No tienes por qué preocuparte por él. Hace esto de vez en cuando.

—¿Que hace el qué? ¿Desaparecer?

Él se encogió de hombros antes de contestar.

—Sí, lo sabes. Cada vez que se siente agobiado, se va a la montaña. A veces se va unos días y otras veces, más tiempo.

¿Cómo iba a soportar sin verlo, sin hablar con él? Jericho había sido marine. Sabía sobrevivir en condiciones duras con poco más que un cuchillo y una cuerda. Podía estar fuera semanas.

—No es asunto mío lo que pasa entre vosotros —continuó Sam—, pero sea lo que sea, lo superaréis.

–No si no vuelve.

–Volverá.

–Me gustaría estar tan segura –dijo Daisy, dirigiéndose a la nevera–. Está enfadado, Sam. ¿Y si no vuelve?

El viejo la miró sonriendo.

–Volverá. Éste es su hogar. Nunca ha sido capaz de estar lejos durante mucho tiempo. Además, te quiere.

–No lo sé.

–Bueno, yo sí lo sé. Conozco a Jericho desde hace años y nunca le he visto comportarse como lo hace contigo –dijo Sam y se acercó a la cafetera para servirse una taza de café.

Al menos, aquello era algo para mantener la esperanza. Si Sam había visto algo diferente en Jericho, entonces quizá juntos pudieran superar lo que para Jericho seguro que era una traición.

Lo había traicionado. No había sido su intención, pero ahora entendía cómo se sentiría Jericho. Podía pensar que ya no era capaz de confiar en ella e incluso que lo había estado usando. ¿Y cómo hacerle cambiar de opinión si no regresaba?

–Gracias –dijo ella, sentándose en uno de los taburetes de la barra.

La luz de la mañana se filtraba por las ventanas, iluminando la cocina. Fuera, se oían los sonidos de la construcción de los establos.

–Significa mucho para mí –continuó Daisy–. Pero lo cierto es que le he hecho daño. No era mi intención, pero se lo he hecho.

–Lo superará.

–Espero que tengas razón.

–Suelo tenerla –dijo Sam sonriendo, antes de ponerse serio y quedarse mirando su café–. No te lo he dicho antes, pero creo que fue bueno que vinieras aquí.

–Me gustaría creerlo –admitió.

Eso haría que su sensación de culpabilidad fuera más fácil de llevar. Todavía podía recordar la expresión en los ojos de Jericho. Se había sentido muy feliz al ver el resultado positivo en la prueba de embarazo.

Luego, cuando había estado segura de que iba a proponerle matrimonio, se había sincerado. No podía seguir sin decirle la verdad. Ahora, no sabía qué hacer, ni qué sentir. Ahora tendría un bebé, pero ¿había perdido a Jericho para siempre?

–¿Cómo puede ser algo bueno si el que haya venido lo ha enfadado tanto?

–Todo el mundo se enfada de vez en cuando, querida. Nadie puede ir por la vida sin desear alguna vez darle una patada a algo. Lo que he descubierto con el tiempo es que sólo las personas que nos importan nos hacen enfadar.

–¿De verdad lo crees?

–No soy el único que se ha dado cuenta del cambio de Jericho. Está más amable con todo el mundo. Cuando tu hermano murió, se quedó muy afectado.

Los ojos de Daisy se llenaron de lágrimas al oír hablar de Brant.

–Sé que eran amigos.

–Sí, lo eran –dijo Sam–. Como suele ocurrir con los que sirven juntos, Jericho y Brant se convirtieron en hermanos más que en amigos. Imagino que ya te habrá contado lo que le afectó su muerte. Estuvo mucho tiempo preguntándose si podía haber evitado la muerte de Brant.

–¿Evitado? –preguntó Daisy, sintiendo un nudo en el estómago.

–Uno nunca deja de preguntarse eso. Incluso después de años, sigo viendo en sueños el rostro de compañeros fallecidos y no puedo evitar preguntarme… ¿Podría haber hecho algo diferente? ¿Habría cambiado algo?

¿Sería eso? ¿Estaría Jericho atormentado por los recuerdos o habría algo más? ¿Había tenido la oportunidad de salvar a su hermano? Tenía que hacer la pregunta.

–¿Por qué pensó Jericho que podía haber salvado a Brant?

El viejo la miró y debió de darse cuenta de que no sabía nada de todo aquello. Le estaba contando algo que Jericho le había ocultado.

–No me hagas caso. Se me calienta la boca y no sé lo que digo. Será mejor que me vaya y que compruebe lo que están haciendo los muchachos.

–Sam… –dijo saltando del taburete y mirándolo–. Cuéntamelo. ¿Jericho dejó que mi hermano muriera?

–No –contestó el viejo–. Veo que he hablado de más. Le corresponde a Jericho contarte lo que pasó. Te aprecio mucho, Daisy, pero no soy yo el que ha de contarte esa historia. Ahora discúlpame, tengo que seguir trabajando.

Sorprendida, se quedó allí parada incapaz de hablar. ¿Qué significaba aquello? ¿Qué había pasado el día en que Brant había muerto? ¿Qué ocultaba Jericho?

Sola en mitad de la cocina, rodeada de la luz del sol, Daisy se sintió en el fondo de un agujero.

Sam se habría sorprendido si hubiera sabido que Jericho no se había ido a la montaña. Había tomado su Jeep y se había dirigido directamente al rancho de Justice. Necesitaba hablar con alguien y sabía que Justice le diría lo que pensaba, le gustara o no.

—Eres un idiota.

—Gracias. Ahora recuerdo por qué he venido a verte –dijo levantándose de su asiento y recorriendo el perímetro de la oficina del rancho–. ¿No estarías enfadado?

—Sí, lo estaría –dijo Justice poniendo las botas sobre la mesa–. Yo mismo me enfadé cuando Maggie apareció con Jonas en brazos diciendo que era mío.

—Es tuyo.

—Sí, pero no la creí.

—¿Quién es el idiota? –preguntó Jericho.

—Tú. Yo soy un idiota recuperado, ésa es la diferencia.

—Maldita sea, Justice –protestó–. Me sedujo para conseguir mi semen.

—¿Acaso se aprovechó de ti en mitad de la noche?

—No es divertido.

—Claro que no. Pero no te pueden seducir si tú no quieres. Y si tanto te preocupa tu semen, ¿por qué no tuviste más cuidado?

—No me estás escuchando. Me engañó desde el principio. Me mintió, se aprovechó de mí.

—Bienvenido al mundo. La gente miente a veces –dijo Justice y dio un sorbo a su cerveza–. Pero en lo importante, te dijo la verdad. Además, si buscas la perfección, espabila, porque no vas a encontrarla.

–Sí, lo hizo –dijo recordando su cara cuando se lo dijo–. Sabes que no tenía pensado tener una familia. Nunca quise tener a alguien que tuviera que depender de mí y a quien mi muerte pudiera entristecer. Nunca he querido causar daño a nadie.

–Esa chica te quiere, Jericho. Está esperando tu hijo. Te quiere y tú te has ido. La has dejado sola ahora que te necesita.

No lo había considerado así y tenía que admitir que Justice tenía razón. No sólo había huido de la mujer a la que amaba sino del hijo que esperaban. ¿Qué decía eso del honor de un hombre?

–Hay que pensar en algo más –dijo Justice–. ¿No había algo que no le habías contado? Quizá haya llegado el momento de tragarte el orgullo, volver a casa y hablar con la mujer a la que amas antes de que hagas alguna estupidez que la aleje de ti para siempre.

Daisy tenía que haberse ido.

Quedarse en casa de Jericho sólo hacía que su ausencia fuera más dura. Pero, ¿cómo irse sin antes hablar con él? No podría seguir con su vida hasta que no supiera exactamente lo que le estaba ocultando.

No sabía cómo iba a poder seguir viviendo sin él.

Así que ocultaba sus sentimientos cocinando. Había tantos platos preparados en los congeladores, que no habría que comprar provisiones en dos años. Aun así, seguía intranquila.

Nikki estaba durmiendo en el sofá junto a ella, cuando de repente se levantó y soltó un ladrido. Sus patas resonaron en el suelo al correr hacia la puerta principal.

Daisy sintió un nudo en el estómago. Por fin había llegado Jericho a casa.

La puerta se abrió, pero Daisy se quedó donde estaba, escuchando la voz de Jericho.

–¿Me has echado de menos, eh? –dijo y el perro soltó un ladrido a modo de contestación–. Sí, bola de pelo, yo también te he echado de menos.

Confundida, Daisy frunció el ceño. Aquella expresión seguía en su rostro cuando Jericho entró en el salón sujetando a Nikki contra el pecho.

–Hola –dijo él.

–Hola.

–¿Cómo estás? ¿Cómo está el bebé?

–Los dos estamos bien. ¿Y tú?

–También.

Jericho se frotó la mejilla, un gesto que Daisy se había dado cuenta que hacía cada vez que estaba nervioso y no sabía qué decir. Así que esperó a ver qué decía.

–Me enfadaste mucho, pero creo que te diste cuenta.

–Sí, lo deduje al ver que no volvías.

–No debería haberlo hecho. Y como sabes, no ha servido de nada porque no he podido dejar de pensar en ti desde que me fuera.

–Jericho… –comenzó Daisy.

–No digas nada, no hasta que te cuente algo que debería haberte dicho hace tiempo.

Ella se tambaleó, pero hizo fuerza con las rodillas para permanecer de pie. Aquello era lo que había esperado conocer. Ahora, estaba asustada por saber la verdad, pero decidida a escucharla.

–¿Te refieres a la muerte de Brant?

–¿Qué sabes de ello?

–No lo suficiente. Sam…

–Maldita sea.

–No te enfades con él. Pensó que me habías contado lo que sea que me ocultas, pero cuando se dio cuenta de que no era así, no dijo nada más. Ahora, cuéntame, ¿qué le pasó a mi hermano? ¿Cómo murió?

–Ya sabes cómo murió –dijo mirándola a los ojos.

–No sé por qué.

Jericho se quitó la chaqueta de cuero marrón que solía llevar y la dejó en el sofá. Luego, se cruzó de brazos.

–De acuerdo, allá vamos. Brant se ofreció voluntario para una misión peligrosa y no pude detenerlo.

–¿Voluntario?

–Sí –dijo y comenzó a pasear por la habitación, incapaz de estar quieto–. Él sabía que era peligroso. El capitán pidió voluntarios y él levantó la mano. No conocía el miedo. Estaba deseando ofrecer sus servicios y orgulloso de servir.

–Sí, lo estaba –dijo y empezó a sentirse aliviada a pesar de que todavía no conocía toda la historia–. ¿Por qué piensas que deberías haberlo detenido?

–Porque era un muchacho –respondió Jericho–. Era seguro de sí mismo y gallardo, pero era un crío. Debería haber hablado con el capitán para que escogiera a otro, debería haber hecho algo para impedirlo…

–Tengo una pregunta, Jericho y quiero que me digas la verdad.

–Está bien. ¿De qué se trata?

–¿Estaba Brant preparado para aquella misión?

–Completamente –contestó sin dudar.

El último de los nudos de su estómago se aflojó. Daisy respiró hondo y se acercó al hombre que amaba.

153

–Entonces –dijo acariciando su mejilla–, no hay nada que lamentar.

–Pero…

–¿Sabes? Es irónico. Fui yo la que lo crié y tú el que lo convirtió en un hombre. Aun así, eres tú el que lo sigue viendo como a un crío. No fue culpa tuya. Brant tomó sus decisiones. Era un marine y asumió los mismos riesgos que los demás. No puedes culparte por su muerte.

–No dejas de sorprenderme.

–Bien –dijo ella, sonriendo–. Entiendo cómo te sientes, créeme. Pero podías habérmelo contado antes.

Él la abrazó y la atrajo hacia él. Luego, hundió el rostro en su cuello y respiró hondo.

–Hace tanto tiempo que cargo con esa culpa…

–Ha llegado el momento de olvidarla. Es hora de pensar en el futuro y no en el pasado.

–Nuestro futuro –dijo él levantando la cabeza para besarla–. Te quiero, Daisy. Te deseo –añadió, acariciándole el pelo–. Quédate, Daisy. Cásate conmigo.

Ella suspiró y sonrió.

–De acuerdo.

Epílogo

Un mes más tarde…

—Has visto que está nevando, ¿verdad?

—Sí, lo he visto —dijo Jericho, abrazando a su esposa—. Es bonito, ¿verdad?

Habían acampado junto al lago. Era de noche y el único sonido era el de sus susurros.

—Bonito y frío. Explícame otra vez por qué nuestra luna de miel consiste en una acampada a finales de octubre.

—Para estar a solas. La mayoría de mi familia sigue en el hotel. Les gusta disfrutar de las fiestas. Seguramente, algunos de ellos seguirán allí cuando volvamos.

—Son muy agradables.

—Sí, pero me alegro de que no estén aquí ahora.

—Yo también.

—Los hoteles también están bien —susurró ella y dejó escapar un gemido al sentir sus dedos jugueteando con uno de sus pezones.

—Nuestra primera cita fue durante una acampada, ¿recuerdas?

—Fue una cita un tanto peculiar. Lo único que querías era deshacerte de mí.

—No, lo que estaba intentando era mantener las manos lejos de ti –confesó–. Ahora, no tengo por qué hacerlo.

Daisy se quedó mirando su alianza.

–Ha sido una boda muy bonita, ¿verdad?

–Sí, lo ha sido. Al menos, ha valido la pena todo lo que Maura, Maggie, Bella y tú nos habéis hecho pasar durante el último mes para tenerlo todo listo para la boda.

Daisy rió y lo abrazó. Jericho sonrió y no pudo imaginarse su vida sin ella. Pasaría el resto de su vida dando gracias al destino por llevarla hasta él.

–Maggie me ha dicho que Justice tiene algunas ideas para organizar campamentos para niños…

Le había llevado muchos cambios, pensó mientras observaba cómo se le iluminaba el rostro explicándole aquel nuevo reto. Era la mujer perfecta para él. Si al menos pudiera hacer que se callara…

Al haber sido militar, estaba acostumbrado a poner en marcha técnicas de distracción, así que deslizó la mano bajo el jersey de Daisy.

–Ya seguiremos hablando más tarde –la interrumpió.

–Pero Jericho, hay una cosa más que deberías saber de mí.

–¿De qué se trata?

–No me gusta acampar –susurró.

–Apuesto a que te puedo hacer cambiar de opinión –dijo él sonriendo junto a su boca.

–Creo que no…

Tiró de ella hacia la privacidad de su tienda de campaña y le levantó el jersey para besarle el pecho.

–De acuerdo –admitió–. Quizá puedas hacerme cambiar de opinión.

Deseo™

Heredera secreta

EMILIE ROSE

Gage Faulkner era el enemigo, el espía de su hermanastro. Al menos, eso era lo que la recién descubierta heredera Lauren Lynch se decía a sí misma. A pesar de la emoción que la joven piloto sentía ante el repentino interés del rico y guapo empresario, Lauren sabía lo que él estaba buscando: demostrar que era una cazafortunas.

El instinto le decía a Gage que Lauren escondía algo, pero su cuerpo le gritaba que la deseaba de todas formas. Descubrir la verdad era crucial y él haría lo que fuese para conseguirlo... incluso seducir a Lauren.

¿De enemigo a amante?

Acepte 2 de nuestras mejores novelas de amor GRATIS

¡Y reciba un regalo sorpresa!

Oferta especial de tiempo limitado

Rellene el cupón y envíelo a
Harlequin Reader Service®
3010 Walden Ave.
P.O. Box 1867
Buffalo, N.Y. 14240-1867

¡Sí! Por favor, envíenme 2 novelas de amor de Harlequin (1 Bianca® y 1 Deseo®) gratis, más el regalo sorpresa. Luego remítanme 4 novelas nuevas todos los meses, las cuales recibiré mucho antes de que aparezcan en librerías, y factúrenme al bajo precio de $3,24 cada una, más $0,25 por envío e impuesto de ventas, si corresponde*. Este es el precio total, y es un ahorro de casi el 20% sobre el precio de portada. !Una oferta excelente! Entiendo que el hecho de aceptar estos libros y el regalo no me obliga en forma alguna a la compra de libros adicionales. Y también que puedo devolver cualquier envío y cancelar en cualquier momento. Aún si decido no comprar ningún otro libro de Harlequin, los 2 libros gratis y el regalo sorpresa son míos para siempre.

416 LBN DU7N

Nombre y apellido	(Por favor, letra de molde)	
Dirección	Apartamento No.	
Ciudad	Estado	Zona postal

Esta oferta se limita a un pedido por hogar y no está disponible para los subscriptores actuales de Deseo® y Bianca®.
*Los términos y precios quedan sujetos a cambios sin aviso previo.
Impuestos de ventas aplican en N.Y.

SPN-03 ©2003 Harlequin Enterprises Limited

¡Ella nunca pensó que acabaría con un aristócrata!

Jugador de polo, aristócrata y propietario de una empresa de fama mundial, Pascual Domínguez era una leyenda en su país.

Briana Douglas no era más que una niñera cuando conoció a Pascual, y no pudo creer en su buena fortuna cuando se interesó por ella. Pero no duró mucho tiempo…

De regreso en Inglaterra, tuvo que hacer malabares para ocuparse de su exigente trabajo y de un hijo pequeño. Había creído que nunca volvería a ver a Pascual. Pero él reapareció de repente, exigiéndole que regresara a Buenos Aires, ¡donde la esperaba una alianza de oro de dieciocho quilates!

Mundos aparte

Maggie Cox

Deseo™

Recuerdo de un beso

ANNE OLIVER

Descubrir que su vida había sido una mentira fue el golpe más duro para Anneliese Duffield. Ahora debía reconstruir su historia y encontrar a su verdadera familia… pero un hombre se interpuso en su camino.

El guapísimo empresario Steve Anderson se sentía obligado a proteger a la mejor amiga de su hermana, aunque ella hubiera levantado una barrera entre los dos.

Siempre había habido una gran tensión sexual entre ellos aunque él había dejado claro que no tenía intención de sentar la cabeza. Pero Annelise acababa de descubrir que estaba embarazada.

De repente, su mundo se puso patas arriba